U0934720

# 菜穗子

〔日〕堀辰雄 著

小岩井 译

北京联合出版公司
Beijing United Publishing Co.,Ltd.

图书在版编目（CIP）数据

菜穗子 /（日）崛辰雄著；小岩井译. — 北京 ：北京联合出版公司，2017.9
ISBN 978-7-5596-0800-0

Ⅰ. ①菜… Ⅱ. ①堀… ②小… Ⅲ. ①长篇小说一日本一现代Ⅳ. ①I313.45

中国版本图书馆CIP数据核字(2017)第190793号

菜穗子

作　　者：（日）堀辰雄
译　　者：小岩井
责任编辑：徐　鹏
封面设计：木夕设计
版式设计：杨　芬

北京联合出版公司出版
（北京市西城区德外大街83号楼9层　100088）
河北鹏润印刷有限公司　新华书店经销
字数74千字　787毫米×1092毫米　1/32　5.5印张
2017年9月第1版　2017年9月第1次印刷
ISBN 978-7-5596-0800-0
定价：28.00元

# 目录

# 榆树之家

# 第一部

一九二六年九月七日 〇村

菜穗子：

有朝一日，我希望你能读到这本日记。

最近这段时间，你开始无端地不想和我说话。也许在我死去多年之后，你才会突然想起，如果当初能跟我多谈谈心该多好。

为此，我写下这本日记，希望将来有一天你会在无意中发现它——没错，我已经打算写完日记之后就把它藏在家中某个隐蔽的角落……

有那么几年，我总是独自留在家中，一直待到深秋。

或许将来，你偶尔也会来这里短住一段时间，来凭吊那个曾为你感到痛苦的我。希望在那个时候，这座深山里的房子还能保持我活着时候的样子……到那时，你可以像我曾经喜欢做的那样，坐在榆树的树荫里看书、织毛线；你也可以在寒风刺骨的夜晚，坐在暖炉边恍恍惚惚过几个小时。随着时间悠悠地流逝，会有那么一个晚上，你在不经意间走入了二楼我生活过的房间，偶然在房间一隅发现了这本日记……

假使真的有那么一天，希望你不要把我看作你的母亲，而是重新把我当作一个会犯错的普通人。因我犯过的错，也是世人都会犯下的错，希望你会因此而更加爱我一些吧。

可是，这段时间你却为何总是躲避与我交流呢？在我的记忆里，我们从未伤害过彼此呀，或许是你为了避免自己说出刻薄的话，才会刻意躲着我吧，若是近日来这种令人凝滞沉闷的气氛都是因我而起，我在此诚挚地向你和你哥哥表示歉意。这令人窒息的气氛越来越浓厚，似乎要带来什么无法预测的悲剧。虽然眼下我们好像若无其事一般远离着悲伤，但是随着时间的累积，我也不知道我是否会因那种悲伤氛围的影响，在不知不觉之中开始变得刺眼起来。我想不明白——不过恐怕是某种尚且朦胧的东西在慢慢起着变化。我不知道那究竟是什么，然而也能够隐约感觉到。我打算在这本日记里，渐渐摸索出它的真面目。

我的父亲曾是一名颇有威望的实业家，然而在我还是个小女孩的时候，他因为经营失败，造成了无可挽回的家道衰落。不过，由于母亲担心我的前途，还是努力把我送进了当时流行的教会学校。从那之后，我经常听到母亲唠叨："即便你是女孩子，也要努力争气啊！给我考个好成绩毕业，去国外留个学什么的呀！"可能是因为我无论如何也不想去国外吧，我从教会学校毕业不久，就成了三村家的人。我从孩童时代就一直对出国心怀恐惧，这次总算是不用出国了。另外，那个时候三村家的爷爷是一位不事生产之人，尤其是晚年痴迷于古董，把全部家产挥霍一空。你们的父亲和我，为了重振家业吃了不少苦头。二三十岁的时候我们基本上处于忙碌之中，没有一天好好休息过，时间就这么匆忙地流逝了。等到生活终于变得轻松了点儿，刚想着终于可以喘口气歇一歇了，你们的父亲却又病倒了。那时你哥哥征雄十八岁，你十五岁。

事实上，此前我完全没想过你们的父亲会比我先走一步，甚至在年轻的时候，我经常还想着，如果我先离开人世的话，你们的父亲该有多么孤独啊。尽管如此，最终却是疾病缠身的我和年幼的你们被留在世上相依为命。最初的那段日子，我觉得自己仍然处于难以置信中，整个人都是迷迷糊糊的。

渐渐地，我才清晰地感到，我就像是被丢在了一座古老的城堡，只剩深入骨髓的寂寞独自侵蚀。可是，对于当时尚且不谙世事的我来说，这突如其来的不幸也让我切身体会到了命运的无常。

你们的父亲临终前对我说："只要能活下来，你总会看到许多希望的。"

这些话对于当时的我来说，也不过是没有实际意义的空话……

你们父亲生前，差不多一入夏就会让我和你们到上总[①]的海岸去，自己却因工作的关系独自留在家中。他喜欢山，于是若有一周左右的假期，就会一个人去信浓[②]那块儿。但是他不是去登山的，反而喜欢在山脚下兜风。

那个时候的我，不知是不是因为经常去海边，所以还是喜欢海多一些。但就在你们父亲去世的那年夏天，我却突然间喜欢上了山。对于还是孩子的你们来说，可能多少会感到无聊，但是我只想整个夏天待在那寂寥的山中，远离人群，谁也不见。那时候，我偶然想起你们的父亲经常夸赞浅间山脚下的 O 村。据说 O 村以前是有名的驿站，自

① 现在的日本千叶县中部地区。

② 现在的日本长野县地区。

从有了铁路后就突然开始衰败，如今也只剩下二三十户人家了。不可思议的是，就是那样寂寥的 O 村莫名地吸引住了我。

你们父亲初次到那个村子，还是很久以前的事。在此之前，你们父亲经常去的是个叫 K 村的地方，同样是在浅间山[①]脚下，住着一些外国传教士。

有一年的夏天，正巧你们父亲暂住在那里的时候，附近发生了一场泥石流。K 村一带全部被淹，你们父亲和在 K 村避暑的外国传教士一起到二里外的 O 村去避难。

与曾经的繁荣相比，后来的 O 村一片寂寥，但让人感到无比静谧、祥和。在这个令人怡然的小山村里经过一段短暂的滞留后，你们父亲发现在 O 村瞭望山景着实是一件

---

① 位于日本东京以西 150 千米群马县吾妻郡嬬恋村与长野县北佐久郡轻井泽町及御代田町接壤处的一个安山岩质复合火山。

惬意之事。孰料，他突然间病倒了。从第二年开始，他几乎每年入夏都会去 O 村，之后的两三年间，周围也星星点点地建起了别墅。那时他笑着说，大概是借着泥石流的契机，当时和他一起在 O 村避难的人中也有和他一样喜欢上这村子的。不过，毕竟是清幽过头的地方，又有诸多不方便之处，因此住进去两三年后，很多别墅的主人也就空置了房子。我想，如果能买下其中一幢别墅，按照自己喜欢的样子稍做修缮，就算不太方便，只要能将就一下，对我们一家来说也足够了。于是，我下定决心，托人寻找合适的房源。

终于，我买到了一栋院子里有好几棵大榆树，屋顶铺着杉树皮的山间小屋，足有五六百坪（1坪约等于3.3平方米）的地方。房子虽然历经风雨，看起来也相当破败，但里面却是崭新的，比我想象中更适合居住。唯一担心的就是不知道对于你们这些孩子来说，会不会太枯燥、无聊。幸好，你们倒是觉得山中全都是些平常罕见的东西，大感新鲜，采采花、捉捉昆虫，很是开心。

雾气中，黄莺与山鸠在山间不停歇地啼鸣，还有些我连名字也叫不出来的小鸟也清脆地鸣叫着，像是要让我们记住它们一般。在河边吃着桑叶的小山羊看见我们便亲近地走了过来，乖顺可亲。我看着你们围绕着小山羊玩耍，悲伤和不安不经意地涌上心头。对于当时的我来说，那段光阴只剩下一些莫名的情绪，让我的心情缓和了许多，然而除此之外的一切，都像是一片废墟。

自那之后，我们也不知不觉地过了几年安逸的日子。后来征雄考上了大学的医学专业，他未来要做什么，我都让他自己做主。虽然他选择了医学，但并不是出于自己的兴趣，而是出于现实方面的考量，这让我不禁感到心疼。是呀，如果一直在这里生活下去，我们只能坐吃山空。对此我总是暗暗发愁，却从来没有向你们透露过这方面的担忧。征雄在这方面有种出乎意料的敏感、细腻，可是征雄这样懂事，反而让我感到难过。与性格憨厚老实的征雄相反，作为妹妹的你从小就很任性，一不顺心，就整天不理人。

你这样的性格让我越来越不自在。起初我以为随着年龄的增长，你会越发地像我，但是后来我渐渐感到，你和我相似的部分都在表面，很多时候即使我们意见一致，但我的结论来自我的感性思考，而你的结论来自理性。或许这种差异才是我们关系微妙的根源。

记得征雄大学毕业之后，在T医院做助手，那一次，是家里第一次只剩下你和我留在O村度过夏天。那时候，有不少你父亲生前在K村结识的朋友来这儿避暑。有一天，一位曾经是你父亲生前同事的人，邀请我参加一场茶话会①，我便让你陪我一起去了那家酒店。

茶话会开始前，我们在阳台上等着，谁知恰巧遇到了教会学校时代的朋友，一位如今很有名的钢琴家——安宅先生。安宅先生当时正在和一位三十七八岁、个子挺高、身材瘦削的男性朋友交谈。那位先生与我曾有过一面之缘，

① 由茶会和茶宴演变而来，是一种时髦的闲谈集会。

名叫森于菟彦，虽然比我小五六岁，却仍然是单身。他整个人如同“brilliant”[①]一词的化身，令当时的我连和他交谈的勇气都没有。我们看着他和安宅先生侃侃而谈，像两个不懂礼数之人一般拘谨不安。不过森先生好像看穿了我们的这种心情，在安宅先生有事暂时离开的空当走到我们身旁，三言两语地闲谈起来。他说话的语气如此温和，丝毫不会让我们觉得困窘。

随后我们也得以渐渐放松下来，陪他聊了一会儿。我完全是一个倾听者的角色，听他聊起 O 村，似乎对我们所住的这个村庄充满了好奇。他说自己打算和安宅先生一起前往 O 村拜访一下，想征求我的意见。他还说如果安宅先生去不了，他一个人也打算拜访。他的语气不像是客套话，我感到他确实是想，就算独自一人，也想过来拜访。

① 才华横溢，美好闪耀。

过了一周之后的某天下午，我隐约听到有机动车引擎的轰鸣声从别墅后面的杂木林里传来，这种地方车子根本开不进来，怎么会有人开车过来？我从二楼的窗户低头往外看，心想是不是有人开错地方了。只见杂木林中森先生从一辆动弹不得的汽车中下来。

我站的窗户边刚好有一片榆树荫，所以抬头的话对方应该是看不到我的，更何况我们家的庭院和森先生所站的地方之间还生长着一片茂密的芒草以及开着零碎散乱的淡色小花的灌木丛。这么看来，这位森先生应该是开错了道，来到了我家院子的深处，又被那些树丛所挡，所以才一直没能进来。

不知是不是心理作用，我感到他好像也在踌躇，似乎不知道独自一人来家里拜访是否合适。

随后，我下了楼，收拾了乱作一团的茶几，装作一副不知情的样子等着他。等我看到森先生出现在了榆树下，我装作好像刚发现他的样子慌慌张张地去迎接他的到来。

“我好像把车开到了很不妙的地方。”

他在我的面前站得笔直，不时回头向传来汽车轰鸣声的方向看。从茂密的灌木丛方向看去，还能窥探到车体的一部分。

我招呼他先进门坐下，然后打算把正在邻居家玩耍的你喊回来，这个时候，天色却突然间奇怪地暗了下来，看这情况马上就要下雨。

森先生一脸不好意思的表情，说：“我本是叫了安宅先生一起来的，可是他说马上就要下雨了还是算了，看来还真被他说中了。”

对面那片杂木林的上方，天空布满了旧棉花般的乌云，一瞬间，空中划过的闪电如同犬牙一般咬碎了云层；顷刻间，那附近就传来了可怖的雷声。接着从屋顶不停地传来阵阵如同被小石子砸中的声音。

我们俩一下子都惊呆了，面面相觑，寂然无语。感觉好像过了很长的时间……忽然之间，此前刚止息不久的汽车引擎，如同野兽吼叫一般重新响了起来。同时，树枝被折断的声音也持续不断地传过来。

“听上去好多树枝断了……”

“是啊，不知道是不是我家的树……”

闪电不时照亮那些被折断的灌木。

之后虽然又持续了一阵子雷鸣，对面的那块杂木林的上空终于变得明亮了起来，这让我们稍微有松口气的感觉。渐渐地，叶子上的水珠受到日光照射发出了耀眼的光芒，随后屋顶传来了“啪啦啪啦”的声响。我和他再次不经意地望向对方，原来那是榆树叶上坠落下来的雨滴。

“雨好像停了，我带您去附近散散步吧？”

我从他对面的椅子上轻轻起身，继而去邻居家吩咐你，让你提前回家做好接待客人的准备，我陪他在村子里走走。

此时，村子正值养蚕的时节。

这村子一共也不足三十户人家，大多数房子已经破败，其中一半的房屋都已经开始倾斜。能在这么荒废的屋子附近长得这么茂密的，大概也就只有大豆和桑树了。这幅景致却意外地符合我们当下的心情，一路上我们和背着沉甸甸的桑树叶、面带泥渍的年轻小姑娘擦肩而过，终于来到了一条偏离村落的分岔道。

浅间山往北那面还覆盖着积雨云，偶尔可以看到它那灰色的轮廓，但是南边已经完全晴朗了。从正面看，小山似乎比以往更近了，只留着一朵卷云在山巅。我们悠然自得地站在那儿，惬意地吹着凉风，心情舒畅。

恰在此时，如同事先安排好了一般，在对面小山与我们所处的这片松树林之间，出现了一道恍如梦幻的彩虹。

我从遮阳伞里仰望着彩虹，情不自禁地道："好美的彩虹啊！"

森先生站在我的身边，也抬起头凝望着那绚烂夺目的彩虹。那一刻，他的脸上露出了一种非常温柔却又带着兴奋的神色。

这时，一辆车闪着亮灯从村里的小道上飞奔而来。我看见车中人在朝我们招手，认出是你和邻居家的小明开着森先生的车过来了。

小明手里拿着一部相机，你朝他轻轻耳语，随后他把相机朝着森先生摆正。我没有斥责你，对于你们这种孩子气的打闹感到担忧又无可奈何。森先生却好像并不在意，下意识地用拐杖杵了杵脚边的草，时不时跟我说说话，就这样任由你们摆弄着相机胡乱拍我们。

在那之后的三四天，每到午后，都像是如期而至一般，必然会下一场阵雨。而且每次的阵雨都伴随着雷声轰鸣。我坐在窗边，望着榆树对面那杂木林上方闪烁的惊悚画面，觉得饶有趣味。奇怪，我明明非常害怕打雷，可却不由得看得入了迷……

第二天，雾更浓厚了，连附近的山都整日望不见了。

第三天清晨，雾气依然未散，直到正午时吹来了一阵西风，天空才放晴，让人神清气爽起来。

两三天前你就说要去 K 村，我劝你等天气好点儿以后再去。这天你又说要去 K 村，我便建议道："今天我有些疲惫，就不去了。要不你和小明一起去？"

一开始你还有些忸怩地说："我才不跟小明一起去呢。"

不过一到下午，你好像瞬间换了心情，还是约了小明一起出发了。

然而你们去了还没一个小时就回来了。

你一直很想去 K 村，没想到你会回来得那么早，而且满脸通红、一脸异样。还有，就连平时向来精气神十足的小明看起来也有些闷闷不乐的样子。我猜，你们在途中肯定发生了什么不太愉快的事情，以至于小明那天连我们家的屋子都没进来就直接回去了。

那天晚上，你主动跟我坦白了白天发生的事情。原来你们到了 K 村后，你想先去森先生的住处拜访一下，就让小明在旅馆外等你，你独自先进去了。当时刚过午餐时间，旅馆里悄然无声，连服务生的身影都看不到。于是你走到收银台叫醒了一个穿着西装正在打盹儿的男人，问了他森先生的房间号，独自走上了二楼。当你敲门的时候，里面的森先生回应了你，于是你直接推门进去，吓了森先生一跳。当时他正在屋内看书，听到敲门时他本以为门外是服务生，不料进来的会是你，慌忙地从床上坐起。

“您在休息吗？”

“没有，只是躺着读会儿书而已。”

说着他盯着你的背后看了一会儿，好像才意识到：“你是一个人来的吗？”

“呃……”你不知该如何回答，支支吾吾着走向了朝南的窗户。

“呀，野百合好香啊！”

于是森先生也从床上下来，站到了你的身边。

“不过我只要一闻到就会头疼咧。”

“我妈妈也不喜欢百合的香味呢。”

“你母亲也不喜欢啊……”

不知为何，可能是森先生的回应比较冷淡，让你觉得有点儿无聊……恰在那时，你忽然看到对面被常青藤缠绕的方格篱笆旁，小明正在摆弄相机的身影若隐若现。明明和他约好了，让他在旅馆外面等着，没想到他却不知什么时候已经进了旅馆的庭院。看到小明的身影，原本已有几分不开心的你把火都转移到了他身上。

“那不是小明吗？”

森先生看到后立马问你，突然饶有趣味地盯着你看。你被看得涨红了脸，逃跑一般从他的房间飞奔而出……

听完这个小故事，我想你还真是孩子气啊。最近我本来还觉得你有些大人的样子了，没想到这件事就将你的本质暴露出来了，看来我对你的理解很多是我一厢情愿的误解。

那时候的你，可能自己也不明白为什么会那么羞耻和恼火。

那时候的我，却是不愿去细想。

几天后，东京发来电报，说是征雄得了肠黏膜炎卧病在床，需要我们有个人过去照料，于是暂且只有你先回东京了。刚巧你出发的时候，森先生来信了。

前些日子，承蒙招待。

我现在也深深喜欢上了 O 村，甚至都考虑要在那儿过归隐的生活——当然，我还配不上说什么归隐。

这段时间我感觉自己的心境好像又回到了二十四五岁，有一种说不清道不明的兴奋感。

尤其是那天和您一起在村子的道路边仰望美丽的彩虹那一刻，我感到我一直以来郁结的心情豁然开朗。我想，这都是托您的福。那一刻，我有了写一篇自传体小说的想法。

明天我就要回东京了，在此之前我想再和您见上一面，聊聊天。几天前我曾经和您女儿见过面，但她匆忙离开也没好好打个招呼。不知令爱现在还好吗？

我读完这封来信，想着如果你在的话，我就能更加深刻地理解这封信的含义了。但是，只有我一个人。读完来信后我便随意地将这封信和其他来信一起放在了茶几上。我告诉自己，这封信什么含义也不能代表。

同一天的下午，小明来了，当知道你已经回东京后，他怀疑你的突然离开是因为他，所以流露出一副悲伤落寞的表情，没有进屋就回去了。小明虽然是个不错的孩子，但是因为过早失去双亲，导致他有点儿过分敏感了……

这两三天里，秋天是真的来了。早晨，我一个人在窗边无所事事地迷醉于沉思，对面杂树林隐隐约约看不见的群山轮廓也渐渐能逐一看清。那些逝去的日子，散漫的记忆里微小的细节，好像都如同这群山的轮廓一般清晰起来。但归根结底，这也只是我个人的感觉，我内心涌现出的全是一种无法言语、追悔莫及的思绪。

日落时分，南方那边密集地掠过闪电，却没有雷声。我年轻的时候就习惯把额头贴在玻璃窗上，托着腮发呆，一直看着窗外。窗户上倒映出一张苍白的脸，眼睛像抽筋一般不停地眨……

那年冬天，我在一本杂志上看到了森先生的小说《半生》。

我想这就是他说在O村得到灵感的那部作品吧，虽说是以他自己的半生为原型写的，但目前只写到了年幼的部分。虽然目前只有很少的篇章，但依然可以看出他大概想写些什么。这部作品有一股他以前作品中从未出现的忧郁气质。这股陌生的气质深深隐藏在他以前的作品里，只是被他有意在大家面前用伪装的 brilliant 的腔调完全掩盖了。我想，要用这么陌生的写作方式来完成这部新作一定很艰难吧？他恐怕下了很大决心。我默默祈祷他能顺利地完成这部作品。但是《半生》自从发表了最初的那部分后，森先生就好像没有继续写下去了，再无下文。我不禁想，森先生的前路也许会十分艰辛吧。

二月末，森先生寄来了今年的第一封信。信上大致写道没能回复我的新年贺卡十分抱歉，去年年末开始他一直受神经衰弱的困扰等，随信附寄的还有一张从杂志上剪下来的纸。我翻开一看，纸上是首写给一位年长女性的情诗。我十分诧异他为何要将这首诗送给我，直到看到最后那一句“悠悠吾身之所惜，唯卿之名而所忧”，我才开始怀疑这首诗或许是写给我的。想到这儿，我突然感到一种说不出的难为情。我不能免俗地担心：如果真是写给我的话，那真使我感到为难。

即便他对我真有这份心意，那么隐藏在心里也就罢了，那样谁都不会知道。在我不曾知晓的时候，也许他也会在不知不觉中就淡忘了这份感情，把它深埋在心中。

可为什么他要如此向我表明这易变的感情呢？即使方式是如此委婉。就像之前那样，我们都没意识到这份心意的前提下，继续做朋友该多好，一旦双方都意识到了这种感情，恐怕以后连见面都做不到了。

我责怪他这自以为是的行为，却无法讨厌他。他就宛如是我的弱点一般。

想到那首写给我的诗，恐怕只有我一人心知肚明，我不由得松了口气，把剪纸平整地藏在了书桌的最深处，然后装作什么也没发生一样。

那是我和你们在吃晚饭的时候，我当时正准备喝汤，突然想起那首诗是从《昴》[①]上剪下来的（我虽然如此在意那首诗，也没去细想究竟是从哪本杂志上面撕下来的），我每期都会订阅那本杂志，不过这段时间我都没有看，只是把它放一边搁置。我开始想，说不定在我不知道的时候，你哥哥或者你早已经看到那首诗了。这可是一件不得了的事情！不知是不是我心虚的缘故，总感觉你从刚才开始就一副明明看到我又假装没看到我的样子。那一刻我的心中突然涌起一股无法向他人发泄的怒火，但是我依然假装镇定地搅动着汤勺。

---

① 杂志名。《昴》是明治时代（1909—1913）创刊，四年后的12月停刊的浪漫主义文艺杂志。

那天之后，我感觉森先生好像撒下了一张网，我感觉自己似乎在一种陌生又苦闷的氛围中生活着。

我看到谁都感觉他们用一种讶异的表情看着我。之后的几周，我甚至开始逃避与你们接触，把自己关在房间里。我沉默着，总感到似乎有什么说不清道不明的东西慢慢从我身体中离开，我觉得自己除了耐心等待这种东西离开之外别无他法。总之，我坚信只要我们保持距离，不产生过多纠缠，我们就都会得到救赎。

我甚至想，如果自己早点儿变老就好了，如果自己再老一点儿，不再有年轻的容颜的话，那即使有朝一日与他在哪里相遇，也能心平气和地跟他搭话了吧。但是年龄可没有半途而废的说法呀。哎，要是能突然变老就好了。

我满脑子想着这些事情，多愁善感，使得这段时间比前阵子更瘦了，常常盯着自己的手，感觉手上的静脉也比以前更明显了。

那一年的梅雨期并没怎么下雨。

六月末到七月初，盛夏的毒辣阳光依旧持续着。我感到自己的身体日渐衰弱，就一人先行去了O村。到那儿后还没一周，突然间有场雨倾盆而下，然后每天都持续下着雨。虽然有时雨会间歇性稍微停一下，但厚重的雾使得附近的群山都朦胧不清。

我反而很喜欢这阴雨天气，这天气很好地守护了我那份孤独感。每一天都是相似的，四处堆积着的榆树叶在冰冷的梅雨下腐烂，逐渐发出一股恶臭。只有小鸟每天都不一样，轮流来到庭院树梢啼叫。我靠近窗口，想看清到底是什么样的小鸟，这段时间我的视力变差了很多，总是看不清小鸟是在哪个位置啼叫。我半悲半喜，像往常一样，盯着微微摇动的树梢，突然间长长的蜘蛛丝在我眼前落下来，吓了我一跳。

在这么恶劣的天气下，这段时间零零散散还是有其他地方的人过来。我有那么两三次一个人只披着外套就走进了那杂木林的深处，似乎看到了很像小明的身影，也不清楚他是不是知道只有我一人住在这儿，所以才不过来。

到了八月，依然是梅雨季节。这个时候，你也回来了。

我听说，森先生也去了 K 村，过段时间会来 O 村。至于他为何要来，我也没打听清楚。为何他在这种恶劣的气候下还要来这儿呢？既然到了 K 村的话，说不定会来拜访我们的吧。我想，以我现在的状况来看，还是不要与他见面为好。但是他都已经特意写了那么一封信了，如果要来便来吧，我就在那时候跟他好好说清楚。到时候叫上你，为了能让你理解，坦诚相对。我还是不去想到时候该说些什么为好，放之不管的话，想说的话自然会在脑海里浮现出来……

那段时间偶尔也会放晴，有时候阳光会洒进庭院里，只是紧接着又是阴云密布。那段日子，我让人在正中央的榆树下放了原木长椅，长椅上投映着榆树叶的影子，接着又慢慢地变弱直至消失。我怀着忐忑不安的心情观察着影子那没有间歇的变换，好像这样才能静静敞开我充满不安与慌乱的内心。

几天之后，太阳持续灼烧着大地，尽管已经是秋天了，但是白天还是非常热。森先生突然间出现在了O村，那是一个炎热的中午。

他憔悴得让人吃惊，瘦削的身形与脸色颓唐的样子刺痛着我的心。我本以为自己会十分在意他如何看待我最近这显著的老态，但见到他以后我却完全忘记了。我像是要鼓励他一般与他简单地寒暄了几句，凝视着他那黝黑的眼珠，透过他忧伤的眼神，我知道他似乎也在为我憔悴的模样感到难过。我表面端庄平静，内心却强忍着心碎。原本打算在他来的时候跟他好好说清楚，现在，我连开口的勇气都没有了。

终于，你让女佣端来了红茶，我接过红茶请森先生喝，本以为你还介意着那次的事情会对他一脸冷淡，但是你完全出乎我的意料，好像什么也没发生过一样，十分乖巧地和他聊着天。我开始反省，看着你们聊天，那时候你一副大人的样子是我完全没想到的。我看到跟你交谈的他神情十分轻松，比和我在一起交谈的时候有精神多了。

你们交谈的时候，他看起来明明已经很累了，却突然站了起来，说想再去村里看一次去年看过的那些老房子，于是我们就陪他去了。当时太阳正烈，铺满白沙的小道上基本看不到我们的影子，小道上到处都是被烈日灼烧的马粪，马粪上聚集着几只飞舞的小白蝶。我们时不时驻留在农家前躲避烈日，和去年一样站在养蚕的农家门口窥探里面的样子，仰视着头顶上倾斜的屋檐，感觉屋檐像马上要崩塌一样。去年周围还残留着几块土墙，现在已经看不到了，原来到处都是桑树的地方现在也变得一片荒芜。终于我们来到了去年走过的那条小道。浅间山在离我们不远处，山体清晰可见，大得让人不舒服，好像在松树林上隆起一般。那一刻，莫名与我当时的心情有些许契合。

没过多久，我们到了村子尽头的那条岔路，好像忘记了自己的存在一般默默地站在那里。村子里传来了沉闷的钟声，表示着已是正午。钟声让我们意识到了自己的沉默。森先生时不时好像挂念着什么一样看着对面白色、燥热的村道。来接森先生的汽车按理说应该已经到了。又静默了一会儿，接他的车终于来了，扬起猛烈的尘土。

我们为了躲避尘土走进了路边的草丛里，但是谁也不想叫停那辆车，我们就这样突兀地呆站在草丛中。虽然只是很短的时间，对我来说却异常漫长。那一刻我如同经历了一场苦闷的梦境，虽然之后我会想醒来，但是我还不想醒，只希望这场梦一直持续下去。

汽车一直向前开去，终于发现了我们又折返了回来。森先生踉跄地上了车，朝着我们用帽子稍微挥舞了下，算是道别。那辆车又激起了一阵尘土离去后，我们俩站在蔷薇草丛中躲避尘土，就这样在草丛中站了几个小时。

还是和去年一样的岔路，跟去年差不多的分别，与去年此时相比，似乎变了什么。在我们当中发生了什么，发生的事情会过去吗？

“五月时在这儿还有牵牛花，现在已经没有了呢。”

我心里想着，不经意脱口而出。

“牵牛花？”

“你以前不是说过五月份牵牛花开着的吗？”

“我说过吗？没印象了……”

你诧异地看着我，五月份的时候明明看到过的牵牛花，现在却无论如何也搜寻不到它的踪影了，这可真是件奇妙的事情。但是接下来的那一瞬间让我觉得更奇妙的是，连我自己也开始怀疑是不是看错了，恐怕是我自己的情绪出了什么问题……

之后过了两三天，我收到了森先生写着突然要起程去木曾的明信片。我本是决心借着这次见面好好跟森先生谈谈的，却错失了机会，心里不由得后悔起来。但是，故意装作什么事都没发生过地相见，又装作什么事都没有一样分离说不定反而是件好事。没错，就是这样。我一边说给自己听，好像打了强心剂。另外，我们的命运——就算不是现在，未来也会露出些端倪吧，但是命运究竟是会偏爱我们还是抛弃我们还不得而知——就好像滴雨未落的村庄上空飘过一片乌云，我们会希望自己在云的上方通过一样。

某天夜里，大家都在安静入睡，我却感到胸口闷得睡不着，于是一个人出去散步。不一会儿，我走到了漆黑的树林里，一个人散步使我的心情渐渐好转，回家的路上，我发现客厅还亮着灯，出门的时候我记得灯都是熄灭的。我以为你早就睡着了，还想是谁此刻在客厅里。我在榆树下站了一会儿，看到在我常倚靠的窗边，那个我经常把额头靠在窗户玻璃的地方，你好像正望着天空。你的脸逆着光，我完全看不清你的表情。你好像也注意到了站在榆树下的我。你想事情时候的样子和我简直如出一辙。

那时，我心里有了一个念头：你肯定是发现我去户外后感到不安，下楼来到了这儿。我想你肯定是在担心我吧。恐怕那时候你自己也没意识到，你此刻的姿势跟我是一模一样的吧，估计你在想着我的时候不知不觉被我所同化。现在的你是不是也在想着我呢？你在挂念着我的事情，心是不是早已不在屋子里了呢？

不，我绝不会离开你身边。这段时间我极力避开与你们接触。我只是无比恐惧地感觉到自己是个如此罪孽深重的女人。唉，我们怎么样才能像其他人一样坦坦荡荡地活着呢？……

我是如此想与你诉说心事，却要像没事人一样走进家，默默地从你背后走过，你朝着我的方向，用略带责备的语气问道：“你去哪儿了？”我清楚地感到你因为我的事情非常痛苦，这让我百感交集。

## 第二部

一九二八年九月二十三日 O村

这两三年来，我自己都没想到，会来继续写这本日记。

去年此时，一件偶然的小事让我突然想起了这本暂时遗忘在O村的日记。我曾经一度羞愧到想把这本日记一把火烧了，但是，烧它之前我想着重新看一遍这日记吧，就是在这样纠结犹豫之间，失去了烧毁它的机会。当时的我怎么也想不到，自己竟会重新写起了日记。至于引发我再次继续写下这本一直鞭笞我内心的日记的理由，我希望你有朝一日看到这本日记的时候，或许能在读下去的过程中慢慢明白。

去年七月的某天，一大早就是苦闷的炎热。就在这天，我从报纸上看到了森先生在北京离开人世的消息。

入夏的时候，征雄刚到中国台湾的大学赴任教书，刚巧几天前，你也一个人去了 O 村的山居中避暑，在杂司谷[①]这宽敞的家中就只剩我一人。我看到那篇新闻报道说，他那一整年基本上都是在中国度过的，鲜有作品发表。他在北京一个安静又古老的旅馆里由于宿病卧床了好几周，直到离世之前，都好像在等着谁的到来一样不肯咽气，最终独自一人孤寂地度过了最后的时光。

一年前，他好像是在躲避谁一样离开了日本。即使他人在中国，我也收到过来自森先生的两三封信。虽然他并不喜欢中国其他的地方，但他唯独中意北京城那“如同老

---

① 日本东京都丰岛区的地名。

旧森林”的感觉，他开玩笑地写到自己愿意在这么一个地方度过孤独的晚年，谁也不知道地独自死去。想不到如今一语成谶。或者说，也许森先生在北京给我写那封信的时候就早已看透了自己的命运……

自从前年夏天与森先生一别之后，我有时会收到他那些好像厌倦了人生又同时带着对自己的嘲弄一般，让人感到十分心痛的来信。在回信中我该写些什么才能安慰他呢？尤其是在他突然决定去中国之前，他好像非常想与我见一面（也不知为何当时他还有这份闲心？），因为先前的事，我还做不到坦荡地与他相见，于是我委婉地回绝了。如果当时我与他见一面的话，想必现在也不会如此后悔。但是如果真的和他见了面，我又该如何对他说清楚那些信里面无法承载的内容呢？

关于森先生孤独死去这件事，我大半是后悔的。我看到那天早上的报纸后，胸口突然间好像被压住一样，压抑得直冒冷汗，没一会儿就倒在了长椅子上，等待这突如其来令我心悸的胸痛逐渐平息下来。

如今回想起来，这其实是我心绞痛初期轻微的发作了。因为之前没有任何的预兆，所以我当时以为是过于惊愕所致。当时只有我一个人在家，我对那发作并不以为然。我没有叫来女佣，一个人忍耐了一会儿，直到感到通畅了些。

这件事我对谁也没提及过……

菜穗子，当你一人在O村听闻森先生的死讯之时，你是否也会异常激动呢？我想你多少有点儿察觉到了——这件事打垮了我，尽管我还是一声不响地忍耐着。一方面是发现了我那实在令人悲痛的样子，另一方面是你因为森先生的死讯产生苦痛的思念。但是你对此全然沉默，之前还会敷衍地寄一些寒暄的明信片，如今连敷衍一下的明信片都没有寄来过。

不过对我来说这样也好，甚至觉得这样的变化也是自然的。如今森先生已经逝世，我想我总有一天，可以和你敞开心扉谈谈他的事情——我是这么想的，我坚信我们一起在O村生活的时候，总会有合适的傍晚谈起这件事。但等到八月过半的时候，当我总算处理完许多杂事之后，才发现你为了逃避与我见面，竟然已经不动声色地提前回到了东京，这让我不免有些生气。我感觉到，你刻意用这样的方式表明，我们母女之间的隔阂已经到了无法挽回的地步了。

如今的我和你，就像原野正中的车站和车站一样相互交错，我在O村找了几位大爷大妈（注：仆人）代替你和我一起生活，而你依然固执地坚持着独自一人生活，自那之后，再也没有来过O村。一整个秋天，我们都没有再见过一面。我几乎在山中闭门不出，就那样度过了夏天。八月的时候，村里到处是两三人一组散步的学生，他们穿着白底条纹的衣服，英姿飒爽地走在村子里。看见他们年轻的身影，我连村子都不愿意进去了。到了九月，那些学生刚离开，历年的甘雨也该来了，但是却一副要下不下的样子，我和大爷大妈们坐在乌云下担心雨到底会不会下。我自己很喜欢像一个大病初愈之人一样生活着，经常待在家里，走进你的房间，看你随手放在那里的书，眺望着从你的窗户那儿能看到的杂树林里的每根树枝，我思考着那个夏天你是抱着什么样的想法在这儿度过的，读着什么样的书，心里是否难过，不知不觉就这样在房间里呆坐了很久。

雨终于下了，秋天一般的日子开始了。平日总是被浓雾所萦绕的群山与远处的杂树林突然间在我眼前呈现出了一半泛绿一半染黄的身姿，这让我舒了口气。我经常会在早晚到林子里四处走走。虽然我感恩那段不得不闷在家中的安静时光，但也很喜欢一个人在树林中散步，这能让我忘却许多事。我渐渐喜欢上这种日子了，对之前为什么会在抑郁中生活感到不可思议，这让我感叹人可真是随性的动物啊。我喜欢去山那边的落叶松树林，山上的松树林露出了淡红的穗。我朝着杉树的对面窥探着浅间山少有的清晰山脊，笔直地延绵四处。我虽然知道那片林子的尽头是村子的墓地，但是那天我心情好，走着走着不由得就靠近墓地了。突然间林子深处人的啼哭声吓了我一跳，于是我仓皇地从那里回来了。原来那天刚好是秋分。我在归途中，在那片杉树林中偶遇了一位穿着不像本地人的中年妇女。对面看到我这样穿着打扮的女人也不由得吃了一惊。原来，那是村子里驿站旅馆的阿叶。

“因为今天是彼岸节[①]，我就一个人过来扫墓。因为心情太好了，所以好几个小时都没回家，就这样瞎晃悠。”阿叶的脸色似乎泛着淡红，笑着说道，“我现在很少能如此悠闲了。”

阿叶有着一个常年卧病在床的独生女儿，听说阿叶和我一样基本上是不出门的。所以这四五年来，我们虽然曾相互听到过对方的消息，但很难有像今天这样的碰面。正因难得，我们反而觉得很亲切，站着谈了很久，我开始渐渐地对她有了些了解。

我一个人走在回家的路上，回想刚刚跟我分别不久的阿叶，虽然比起几年前遇到她的时候她的容貌老了几分，但她现在举止十分优雅又富有女人味，连我的心都受到了

① 日本的春分和秋分前后七天被称作彼岸，日本人常在这段时间进行扫墓和祭奠等行为。

触动，丝毫感觉不到我们相差了五岁。据我所知，这些年她总是碰到一些糟心的事，周遭的人都觉得她是不幸福的，不管再怎么要强，她那单纯又若无其事的样子还是让人觉得不可思议。与之相比，我们真应该感谢自己的命运。我们始终被一些说不清道不明的东西缠绕着，难过得不行，好像不这样难过反而对不起自己一样——我不禁感慨，这样的我们真的很奇怪。

刚从林子里出来不久，夕阳已经西下。我突然兀自下定了决心，不禁加快了脚步回家。刚到家我便立马上了二楼房间，从小橱柜的西洋柜深处取出了这本日记。最近这些日子，太阳一下山，空气就会变得凉飕飕的。我总是叮嘱用人在我回家前给壁炉生好火，但是那一天老用人被其他事务缠身，还没生好火。我只好无奈地坐在壁炉旁的椅子上，随意把日记卷在手中，焦躁地看着老用人把柴火点燃，真想立马把这本日记扔到壁炉里烧毁。

老用人头也不回，只是一个劲地拨弄着柴火，任由我独自在那里焦躁不安。

对于那位善良纯朴的老人家来说，此时此刻的我也依然是位沉着冷静的夫人吧……同样在他眼里，菜穗子也应该是个文静得体的姑娘吧。在我回来这儿之前，菜穗子似乎在这个家里独自翻看书籍度过了一整个夏天。对我而言，你是一个令我感到束手无策的女儿，然而对于这些纯朴的人来说，我们永远是属于“幸福”的那种人。

估计他们就算听到我们母女关系差的传闻也不会相信吧……那一刻我突然领悟到，事实上在那些人，即在纯粹的第三方的眼里，那个最鲜活且幸福的我恐怕才是这个世上真实存在的，而那个被生活中绵绵不绝的不安所胁迫的我反而像是由于自己的任性虚构出来的了。在今天见到阿叶以后，我突然就萌生了这样的想法。对于阿叶来说，她可能不知道自己是怎样的一种形象。但是在我眼里她是要强的，是个不把自己的命运看作负担的人。恐怕大家也都是这么看她的吧。在他人眼里的样子才是我们在这个世上真实存在的样子。这么说来，在他人眼里的我，就应该是个稳重踏实的寡妇，女人的人生才走了一半就死了丈夫，之后的生活虽多少有些孤寂，但是也总算把两个孩子抚养成人——那才是我本来的样子，其他的样子，尤其是这本日记中所描绘的那个悲剧性质的我，不过是我心血来潮塑造的假象而已。只要这本日记消失，那么那个悲剧的我就会永久从这个世上消失了。没错，我要把它烧了。马上就把它烧了……

从那天傍晚散步回来我就下定了决心，但是在老用人刚走之后，我就像是错失了烧毁这本日记的时机一样，茫然无措地紧紧攥住日记，犹豫着始终没有把它扔到火堆里。这让我开始反省，像我们这样的女人，如果一旦想到什么就立马去做，在那一瞬间即使做不到的事情都好像可以做到一样，事后又可以找到特别多的理由来解释。若真要自己去考虑接下来要做的事，却又变得犹豫起来。那一刻也是如此，当我准备把日记投入火中时，又想重新审视长期以来让我陷入苦痛的究竟为何物后再烧毁也不迟。但是，想是那么想的，我却一点儿也不想再看一遍日记。于是我就这样把日记放在了壁炉上面。我想着也许到晚上我会想拿着日记本看一看，但是直到深夜要入睡的时候，我也只是将它拿起来放回原来的地方。

之后过了两三天，一天傍晚，我像往常一样散步回来，看到不知何时从东京回来的你倚靠在我经常坐着的椅子上，注视着壁炉里刚点燃的火，柴火发出噼啪噼啪的响声……

那天夜里，我们进行了一场令我苦闷无比的对话，这场对话和第二天早上在我身体上发生的显著变化一起给了我这老弱心脏巨大的创伤。那段记忆虽然渐行渐远，但在我心里所有的一切还历历在目。在那事情发生一年后的今夜，同样的山屋、同样的壁炉前，我曾一度下定决心要烧毁的日记再一次在我面前翻开，这次我想为我的所作所为赎罪，我一边等待着自己最后的日子渐渐来临，一边鞭笞着那颗有气无力的心，我决定把那天发生的事情全部写下来。

你靠坐在壁炉的旁边，接近我的方向，好像发怒一样朝着我，眼睛瞪得大大的，好像想说些什么又说不出口。

我依然静默着，把椅子搬到你的旁边徐徐地坐下来，就像我们昨天已经排演过这一出。不知为何，我立刻从你眼神中感到了你的痛苦，我多想说一些你心里渴望听到的话呀！但是，你的眼神又如此凌厉，把我想开口说的话硬生生冻结在了嘴边。我没办法坦率地开口问你为何突然来到这儿，你似乎已经做好了准备，在我自己想清楚之前不主动开口。终于我们好不容易有了对话，开始三言两语地聊着杂谷司的事，接着就好像是每天的习惯一样默默地并坐着盯着燃烧的火焰。

天渐渐暗了，我们没有点亮灯的意思，就这样靠着暖炉坐着。随着天色暗淡，照亮你那安静的脸庞的火光越发亮了。火光随着火焰摆动，你越是面无表情，倒越像是在显示你内心的动摇。

我们静静地吃了一顿山里人家朴素的晚饭，又一次回到暖炉面前站在那里。你时不时微闭双眼，看起来很疲倦，好像要睡着一样。突然你开口了，为了避免用人们听到，你故意把音调放低了。你说的正是我所察觉到的，关于你的婚事。虽然此前你住在高轮的婶婶也来找我说过两三次亲，但我都没有怎么理会。

这个夏天又来给你说新的亲事的时候，正是森先生在北京逝世的时候，我也没法平静地听完那些话。三番两次说这些让人恼火的事情让我有些不耐烦。我跟她说你的婚事应该由你本人做主，就打发她走了。想不到八月份她得知你在我走后回到了东京，便立马直接去找你说亲，还莫名其妙地以我说你的婚事由你自己做主为理由责怪你，说你不懂事，拒绝了她之前介绍的所有亲事。你知道我是绝无此意的，但是你突然间因为这事被你婶婶责备想必也是一肚子气愤，我的那句毫无恶意的话说不定伤到了你，从你现在说话的言语里，我能听出你对那句话隐含的愤怒。

话谈到一半，你突然对我抬起了那有些僵硬的脸。

“妈妈，你对于这亲事是怎么想的？”

“我啊，也不清楚呢……”在你不高兴的时候，我总是会用这种战战兢兢的口吻回复你，这次没说完我就突然住嘴了，我不能再用逃避你的态度来跟你交谈了，今晚我一定要让你说出你想说的话，我决心哪怕受到多么言辞激烈的反击，我也要毫无保留地说出想对你说的话。我鞭策着自己继续用强硬的语气说话，“……说实话，就算他是独生子，但是像这样不结婚，一直老老实实地跟母亲生活到现在，这让我很介意。从你的话里，我总感觉他是不敢违背他母亲的意愿的，他……”

我的强硬让你有些意外，你好像若有所思地盯着快燃烧殆尽的柴火。我俩再一次陷入了沉默。然后你好像突然间想到什么，含糊地说道：

“我倒是觉得老实的男人或许更好吧。毕竟和我这样个性太强的女人结婚的话……”

我看着你的脸，想试着确定这些话是不是你真心想说的。你依旧凝望着噼啪作响的柴火，但又好像并没有看着柴火，空洞的目光一直盯着前方，看起来像在反复纠结这件事。如果你刚刚说的话不是出于对我的叛逆，而是你的真心所想的话，那我就不能敷衍回应，所以我并没有立马回复你。

你继续说道：“我了解自己。”

“……”这让我越发不知该如何回复，只好一直盯着你。

“我最近觉得，男人也好，女人也罢，不结婚的时候反而像被什么束缚住了一般……那是一种自始至终脆弱异变又虚无缥缈的东西，就比如大家所谓的幸福……不是吗？一旦结婚了，就能从虚幻无常的东西中解脱出来了。”

我一时跟不上你的新思路。我听着你的话，你把结婚当作眼下的问题在认真考虑，让我着实吃惊。对于这点，我是有些认识不足的。可是我不由得怀疑刚刚这番对于婚姻的见解真的是你这个没有经历过婚姻的人自己想出来的吗？我觉得你认为一直在我身边生活会很焦虑，我们的关系会变得越来越紧张，你怕到最后会不知道该何去何从，这种不安的想法让你十分痛苦，才让你对婚姻有了这样的看法吧……

“你的想法虽有可取之处，但是我觉得你没必要把结婚真当作你想的那样呀……”我把自己心中所想说了出来，

“……你应该再，怎么说呢，应该再，对了，再放轻松一点儿，把脚步放缓一点儿如何？”

火光照映下你的脸闪过一丝复杂的笑容。

“妈妈在结婚前也能放轻松吗？”你突然问道。

“是啊……我当时真的挺放松的，毕竟当时才十九岁。毕业后因为家里穷，没法送我去留学，很快就安排我嫁人了，我当时还特别高兴。”

“但是，那是因为你知道父亲是个好对象吧，所以你才能那么轻松？”

我们的话题如此自然地提到了你的好父亲，我在你面前立马也变得活泼起来了。

“你的父亲真的很优秀呢。从我们结婚到最后都很顺利，我从没觉得自己配得上他。我们的婚姻生活从始至终都很和睦顺利，这一切都归功于你父亲的性格。我一直觉得是因为我命好，可是你父亲并不希望我这么认为，他说这些幸福都是我应得的。直到现在我也依旧十分感谢你的父亲，刚结婚的时候我不过是个小姑娘，可是从一开始，无论什么场合，你的父亲都没有把我当作一个只能依附他的女人，还把我当作一个独立的个体来对待。所以我才能渐渐有了做人的自信……”

“父亲真的是个很好的男人……”连你也不知不觉用怀念的语气说道，“我还是孩子的时候就经常想要是能嫁给父亲就好了……”

我没有说话，脸上洋溢着生机勃勃的笑容。我想既然提到了过去的事情，那么也应该说一些你父亲生前的事情，以及去世后的一些事。

可是，你先我一步开口，好像在诘问我一般用嘶哑的声音说道：

“那妈妈你觉得森先生这个人怎么样？”

“森先生吗？”我被这个意外的问题弄糊涂了，缓缓地朝你望去。

你沉默地点了点头。

“森先生和你父亲根本就……你真是，完全没关联……”我用含糊的话敷衍你，这个刻意的问题让我突然间清楚地感到你一直认为森先生是导致我们不和的原因。逝去已久的父亲在你的脑海里一直挥之不去。那时候的你渐渐觉得我不再是以前那个事事为你考虑的母亲了，所以很焦虑。你现在应该知道那不过是你当时多想了吧。但是那时的我没能坦率地告诉你一切，那时不知为何总有些错综复杂的情况，因而我无法坦率地告知你一切，我想这是我唯一的过失了。现在我想不光要对你，也是要对我自己有个清楚的交代。

“……不，你以后都不要这么问了。你我都应该明白，我和他之间并没有什么，所以就把它当成一件普通的事情来说吧。森先生所追求的，说到底不过是想找位可以倾诉的年长女性。我不过是个不谙世事的女人，也不会刻意去讨好他，因此有些话反而让他有深切的触动，这一点是我和他当时都没看清的。倾诉对象就是倾诉对象，他万不该对我这个女性的倾诉对象有所期待。这让我感到很不自在……”我一口气说了这么多，眼睛一直盯着壁炉有点儿痛，说完后闭眼休息了一会儿。再次睁眼的时候，我望着你说，

“菜穗子呀，我呢，到这把年纪了也不能算是女人了。我一直在等着这一刻的到来……我想等我到这把年纪，再跟森先生见一面，坦率地谈一谈，然后做最后的道别……”

你依旧朝着炉火沉默着，炉火的柔光映着你的脸庞，你只是望着前方，让我捉摸不透你脸上的表情。

在沉默里，我感到自己刚刚有些提高嗓门的话仿佛一直虚空作响，让我感到很揪心。我想知道你在想什么，犹豫了一会儿，还是开口了：

“你对森先生是怎么看的？”

“我？”你咬着嘴唇，许久没有说话。

“我……虽然当着妈妈的面说这些话也许不太合适，但我还是觉得那样的人最好敬而远之，虽然他写的小说很有趣，我也会读，但是我从没想过要跟那样的人有来往。像他那种想做什么就做什么的天才，我一点儿也不希望这种人留在身边。”

你的一言一语都在敲打着我，我无言以对，只能再次闭上了眼。直到现在我才明白我们的不和从你身上夺走了什么。它所夺走的不是你对作为母亲的我的信任，绝对不是，而是一个女人对于人生最崇高之物的信仰。即使作为母亲的我还能回到最初的样子，但你失去的这种对于人生的信仰还能轻易找回来吗？

夜深了，小屋里变得越来越冷。刚被我打发去睡觉的老用人似乎睡了一觉又醒了，厨房那边传来了老人家的咳嗽声。我们听到声音之后，不再往壁炉里添柴火，渐渐衰弱的炉火让我们的身体不知不觉靠近了点儿，但是我们的心却隐藏得更深了……

那天夜里，虽然我们过了十二点才各自回房休息，但我怎么也无法合眼，毫无睡意。我听到你在隔壁屋里的床一直发出咯吱声。天色渐亮，窗户透了些白光进来，或许是松了口气，我终于昏昏沉沉睡了过去。突然我感到身边站了个人，猛地睁开了眼。有个一身白衣、披头散发的身影站在那儿，看到我认出来那是你，你用生气的语气开口道：

“我很了解妈妈，但是妈妈您却不了解我，一点儿也不了解我……但是，有件事已成事实，我希望您能接受。

我在来这儿之前，已经接受了婶婶介绍的这门亲事了。”

我分不清这是梦还是现实，用空洞的目光呆望着你，你的目光中带着些许痛楚。我没听懂你的意思，想再好好听一遍，无意识地从床上坐起。

但是那时你早已离开，迅速消失在门后了。

老用人们早已起床，楼下厨房里传来一阵阵嘎吱嘎吱的声音。我坐在床上犹豫着要不要去追你。

那天早上七点，我像往常一样梳洗完毕，下了楼。我下楼前仔细听了你卧室里的动静，像昨晚那样时不时发出的床声消失了。我想象着你在那张床上，经历了彻夜无眠后，脸庞埋在散乱的头发中，但年轻人毕竟是年轻人，你沉沉地睡去，不久阳光洒满你的脸庞，晒干了你脸上的泪水……我甚至想象到了你衣冠不整的睡相，为了让你能安静地睡着，我踮起脚下了楼，嘱咐用人们在你起床之前先别准备我的早饭。我独自走在秋意盎然的庭院，阳光斜斜地洒下，地上树影婆娑，我睡眼惺忪，洒落在树荫间的点点阳光有种无法言喻的清爽。我坐在树叶已经染黄的榆树下的长凳上，与今早刚起来时的沉重心情截然不同，我感受着耀眼的阳光令人心动的美，我在盼望着你这个小可怜睡醒。我一定要阻止你因为叛逆而不顾后果地行事。一旦跟他结婚的话，你肯定会不幸福，我并没有确切的理由，只是直觉。我该怎么做才能让你不再封闭自己的内心，怎么说才能让你明白这件事呢？我想就算现在把要说的话都想好，到时候也不一定能向你一一说出来——倒不如看到你以后，忘记自我，不做任何准备地面对你，那时我想说什么就说什么可能更能打动你。想到这儿，我便决定不再去想你的事情。头顶金黄的榆树叶沙沙作响，一缕缕细长的日光洒在我的肩头，让我心情愉悦。正在这时，我感到自己的心脏一阵阵剧痛，这次痛楚没有很快消失。痛楚一直持续着，痛到我都不禁想这到底是怎么回事。我两手扶住椅背，好不容易才撑起了上半身，两只手却忽然间失去了力气。

## 菜穗子的补记

母亲的日记在此处就中断了。结尾处记下的那件秋日小事发生后一年，在同样的山中房屋里、在母亲决心要写下那天的事情之时，再度心绞痛发作倒下了。是家里的老用人发现了这本写了一半的日记，当时日记正摊开放在失去意识的母亲身旁。

我接到母亲病危的消息后大吃一惊，慌忙从东京赶过来，母亲死后，老用人给了我日记，我立马认出这是母亲最近在写的日记，那时的我并没有马上读的心情。于是我就把日记留在了O村的屋里。几个月前，我已经违反母亲的意愿和那人结婚了，那时的我还在努力开拓人生的新道路，若是再次回首翻看那段被我埋葬的往事，只会让我难以承受……

后来我又一次回到O村的家中整理残留的东西，这个时候才开始读起母亲的日记。离上次来这儿不到半年，我却已经切身地体会到自己的前路艰辛，正如母亲当初所担心的那样。一半是出于对母亲的怀念，一半也是出于对自己的悔恨，我终究还是拿起了这本日记。可是我还没有读多少，就仿佛又变成了日记里所描写的那个少女，现在的我依然忍不住想要反抗母亲所写的一言一语。即使到现在，我也无法接受写这个日记的母亲——妈妈，就如同你日记中所说，我总是逃避你的理由就在你自己身上呀！那个烦恼的我只存在于母亲你的心中而已。我从来没有为那件事烦恼过，更没有痛苦过呀……

我在心中无数次呼喊着你，一次次想把日记放在一边不读了，可是最后还是读完了。即使读完了，我内心依然充斥着刚开始时候的愤怒，久久不能散去。

等平静下来，我不知不觉地拿着日记走到了前年秋天的那个早餐时间，母亲坐在凳子上等着我时发生第一次心绞痛的那棵大榆树下。现在还是初春，榆树还是光秃秃的没有叶子，只有当时的原木长凳还在那里，但已经毁损大半了。

在认出母亲曾坐过的破旧长凳的那一瞬间，我发现看完日记后的自己，已经不知不觉地被母亲同化，很难解释清楚这种同化的来源，但正因为如此，我对那同化产生了某种厌恶，矛盾的情绪使我突然想把手里的日记就此埋在这棵树下。

# 菜穗子

# 一

“那人果然是菜穗子。”都筑明不禁停下脚步回头望。

当那个人迎面走来的时候，他就觉得那人好像菜穗子，可是又觉得不像，直到那人与他擦肩而过的瞬间，他觉得那人一定就是菜穗子。

都筑明在川流不息的人群中短暂地站了一会儿，目送着已经走出一段距离的穿着白色毛外套的女人和那个貌似是她丈夫的人的身影。突然，那个女人好像也发觉擦肩而过的男人是熟人，朝他的方向回了下头。她丈夫也像被钩住一样稍微朝这边看过来。就在那一瞬间，一个行人撞到了都筑明的肩膀，正呆呆站立的高个头的都筑明，也不禁被撞了个趔趄。

等到都筑明终于站稳的时候，刚才那两人早已消失在了茫茫人群中。

多年未见的菜穗子有种显眼的憔悴，她身穿白色毛外套急匆匆地走在街上，与她并肩走的丈夫，比她还矮，她似乎对丈夫漠不关心，自顾自思考着什么，眼睛直视着前方。

丈夫好像对她说了什么，她的脸上浮现出一丝轻蔑的微笑——都筑明一想到刚才在人群中一眼就关注到的两人之中有一个是菜穗子，就不由得心跳加速。他一边走着一边用目光追随着那个穿白色毛外套的女人，对方也一瞬间向他投来有些诧异的眼神。她虽然望着这边，但似乎什么都没发现，眼神空洞。但都筑明好像还是无法承受那浮在空中的眼神，又朝别的地方望去。就在他稍微望着别处的时候，她和丈夫一起经过了他身边，走远了，她终究还是没有发现眼前的他。

都筑明朝着那两个人相反的方向走着，突然间仿佛弄不清楚自己朝这边走下去的原因，没有精神地继续走着。

在人群中走这件事，似乎在突然间变得毫无意义。每天晚上，他从工作的建筑事务所下班后，都不会直接回到荻窪[①]的寄宿公寓，而是像这样每天无所事事地在银座的人群中走上好几个小时，一直以来他这么做的目的只有一个，然而如今，这样做的目的，对他来说好像永久地消失了。

现在正值三月中旬，整个城市正迎来冰冷多云的黄昏。

“总感觉菜穗子看起来并不幸福呀。”都筑明一边想着一边继续朝有乐町车站的方向走去，“不过，随意揣测这种事情的我才不对劲吧，搞得好像她不幸福才合我意一样……”

## 二

都筑明去年春天从私立大学建筑系毕业后就一直在一家建筑公司任职。他每天来往于荻窪的寄宿公寓与位于银

---

① 东京都杉并区地名。

座某大厦五楼的建筑所，兢兢业业地进行着医院或礼堂的设计。这一年他的时间常常被工作所占据，却从没觉得开心过。

“你究竟在这种地方做什么呢？”他时不时会听到什么东西对他耳语。

这段时间，他已经是第二次在心中发誓不要再去想菜穗子了，在街上与她不期而遇的事情他对谁也没说，只是将触动深深地留藏在心底，而且永远都不会消失。那天银座人山人海，黄昏的气息与跟她走在一起貌似是丈夫的男人依旧历历在目。那个穿着白色毛外套眼神空洞地经过自己身边的人——尤其是她那时候空洞的眼神直到现在只要回想一下，他都不得不转移视线，因为那会让他清晰地想起心痛的感觉——以前菜穗子只要一有不开心的事情，无论在谁面前她都会毫不在意地露出那空洞的眼神，这是某一天他忽然回忆什么事的时候想起来的。

“没错，我当时会觉得她不幸福，应该就是因为她当时的眼神吧。”

都筑明想着那件事，暂时停下了手中制图的工作，透过事务所的窗户呆呆地望着窗外的屋檐，远方的天空略有薄云。这种时候，都筑明一旦不经意回想起他那快乐的少年时代，就会无法专心投入工作了，他无可奈何，只能任凭自己沉浸在往事中……

都筑明七岁的时候失去了双亲，是独身的婶婶收养了他，婶婶在信州的O村有一幢小别墅，他在这里度过了几个暑假，同村的邻居是三村家的人——尤其是与她同年的菜穗子，更是他明媚美好的少年时代中重要的一部分。都筑明和菜穗子经常一起去打网球、骑自行车远足，那时候的他就是个本能喜欢做梦的少年，和与之截然相反、想从梦中醒来的少女以这个村子为舞台你躲我藏，认真地玩着捉迷藏，然而每次都是少年在游戏中被扔下不管……

某个夏天，一位有名的作家森于菟彦忽然出现在他们面前，他是来邻村有名的高原避暑地暂时休养的，就住在M酒店里。三村夫人偶然在那个旅馆遇到了他，不知不觉地跟他聊了很久。两三天后，森先生在傍晚时候冒着雨突然到访O村，在雨后跟着三村夫人在养蚕的村子散步，之后菜穗子与都筑明也参与游玩，他们在村头满怀期待地道别——仅仅通过那次会面，就让那位对人生感到疲倦的孤独作家忽然间仿佛重返青春一样异常兴奋。

第二年夏天，来邻村旅馆休养的孤独作家忽然又来了O村。从那时开始，三村夫人的周围就似乎渐渐弥漫着一股悲伤的气氛，这不知为何勾起了都筑明的好奇心。在都筑明一味地将注意力放到三村夫人身上的时候，并没有注意到这件事也同样影响到了菜穗子，从前那个快活的少女忽然间不在了。等到都筑明终于注意到菜穗子变化的时候，她却早已走远，去到了他无法触及的地方（东京）。这个要强的少女没有向任何人倾诉过，独自熬过了那段艰难的时间，少女已经不再是当初那个少女了。

从那时候开始，那灿烂的少年时代忽然间出现了阴霾。

一天，所长推开事务所的门，喊都筑明。

"都筑君。"

所长走到都筑明的身旁，被他那阴郁的表情吓了一跳。

"你的脸色怎么这么苍白，是哪儿不舒服吗？"

"我没事。"都筑明用一副不好意思的表情回答。你以前工作多投入啊，怎么现在毫无热情了？他感觉所长的眼神好像在这么质问他。

"不要逞强，小心把身体搞坏了呀。"但是所长说的话却让他有些意外。

"给你放一两个月的假去趟乡下如何？"

"其实比起休假——"都筑明想说却有点儿难以启齿，忽然露出他特有的那种让人亲近的笑容说道，"不过，去乡下也挺好的。"

所长似乎被他的笑容感染，也露出了笑脸。

"把手头上的事情完成后再去吧。"

"好的，我就按照您的吩咐去做。其实我一直以为我不会被允许休假呢……"

都筑明刚刚好不容易下定决心，本想向所长说辞职的事情，但话到一半却又改了主意。他想着就算现在辞了工作，也不知道自己是否有魄力立马开始崭新的人生，这次就先听所长的劝告，暂时先到什么地方去休养生息一番，说不定自己的想法会有所改变。

当事务所里只剩下都筑明一个人时，他又恢复了之前那种忧郁的神色。

## 三

三村菜穗子是在三年前的冬天结的婚，那时候她二十五岁。

与她结婚的男人叫黑川圭介，比她大了十岁，毕业于高等商业学校，在一家商社工作，是个普通得不能再普通的男人。圭介之前一直都保持单身，原本是银行家的父亲在大森的一处山坡留下了一栋老房子，他和守寡十年的母亲一直在那栋房子里过着朴素的生活。房子四周被几棵山毛榉包围着，像是想让人想起爱种树的父亲一般。山毛榉伸展着宽阔的树枝，守护着这对母子在人世间安全平静地生活。每当傍晚时分，圭介从单位回家的途中，他夹着公文包爬上山坡，望见自己家的那几棵树，就会有一种安心的感觉，不由得加快了回家的脚步。吃完晚饭后，他习惯把晚报放在膝上，隔着长方形的火盆与母亲以及新婚的妻子聊上好几个小时的家长里短——菜穗子刚结婚那会儿，似乎对于这种没有争执、平淡如水的生活并没有什么不满。

不过，知道菜穗子过去的朋友，对于她为什么会选择和这样一个平庸之人结婚都感到不可思议。谁也不知道，这是她为了从当时恐惧不安的生活中逃离出来而选择的——结婚快一年了，菜穗子相信自己的婚姻是正确的。虽然在丈夫家中，那种安静的生活多少有些冷清，但这对她来说却恰好是个避难所。至少当时的她是这么认为的。但是第二年秋天，被菜穗子的婚姻伤透了心的母亲——三村夫人突发心绞痛去世了。菜穗子忽然间感到自己的生活失去了以前的安稳感，她并不是无力再继续承受现在这种索然无味的生活，而是已经找不到继续伪装自己忍受这种生活的理由了。

最初，菜穗子仍然拼命地忍受着，假装什么事都没有发生。丈夫圭介也还是老样子，晚饭后大多是待在餐室里和母亲说着家常，聊着天几个小时就过去了。总是被置于圈外的菜穗子大多时候看起来面无表情，但圭介的母亲毕竟是女人，不可能察觉不到菜穗子这种心神不定的状态。她最怕的就是儿媳妇对现在的生活不满（至于什么原因她也不知道），害怕这最终会让自己家的气氛变得沉闷起来。

最近夜里，菜穗子总是难以入眠，只要隔壁圭介的母亲一咳嗽，她就会立马醒来，然后她就再也睡不着了。但是如果是圭介和其他的声音把她吵醒的话，她却肯定能立马入睡。这些事菜穗子也都清楚，一一记在心里。

每当遇到这种事，菜穗子不得不体验到那种寄人篱下、无法随心所欲的刺痛——这让婚前就在她体内潜伏的病情渐渐加重了。菜穗子看起来消瘦了很多。与此同时，在她的内心，婚前已经失去的类似乡愁的情绪涌上心头，但是她并没有意识到这一点，似乎决心一直忍受下去。

三月的一个傍晚，菜穗子和丈夫一起去银座办事，忽然在人群中，她发现了一个貌似是某个儿时玩伴的身影，那个人好像很低落，还是那副让人怀念的样子，个子高高的。对方好像一开始就注意到了她，等她想起那个人是都筑明的时候，他们早已擦肩而过。等再回头望去的时候，都筑明那高大的身影早已消失在了人海。

对于菜穗子来说，这不过是一次普通的邂逅罢了。但是随着日子一天天过去，她开始对和丈夫一起外出感到莫名的不快。令她吃惊的是，这种不快明显是来源于那自我伪装的压抑。最近她虽隐约意识到这种类似的情感，但是自从看到孤独的都筑明后，这种意识不知为何猛地涌上了意识表面。

## 四

听到所长提议说去乡下的时候，都筑明的脑子里立马想到的就是少年时代经常去避暑的信州O村。山里应该还很冷吧，也可能有雪，那里的一切才刚刚开始——那未知的初春时节的山区景色强烈地吸引着他。

都筑明记得在那个原本是驿站的古老村子里，有一个叫牡丹屋的旅馆，是专门接待夏天过去的学生的。他去问了那家旅馆，在得知随时都可以过去以后，他在四月初正式提交了休假申请，去信州旅行了。

都筑明乘坐的信越线列车穿过了遍地桑树的上州，终于快进入信州的时候，四周依旧是草木凋谢，山阴处还残留着点点积雪，山区景色趣味十足。接近黄昏时，浅山近在眼前，它背对车站，积雪融化后露出光秃秃的山体，都筑明在山谷间一个小小的车站下了车。

从车站到村子的途中，一如既往的景色有着说不出来的落寞。倒不是因为和不变的景色比起来，他已经不再是以前的那个自己了，而是这里的景色本就是一直带着寂寞的。车站的坡道，路边的残雪映射着晚霞，森林边那栋仿佛被遗忘的旧房子，无尽的森林，在森林看到就知道已经走了一半路程的某个岔路口（一条路通向村子，一条路通向少年时代在森林中避暑的那个家……），出了森林，一座斜斜地躺在火山脚下的小村庄映入眼帘，让人印象深刻……

都筑明在O村安静又恍惚的日子开始了。

山里的春天总是来得比较迟，树林还是光秃秃的，但是雀跃枝头的鸟儿却有了春天般的敏捷，临近日落，附近的林子里经常会有雉鸟啼叫。

牡丹屋的人们都还记得少年的小明，也还记得他多年前就已去世的婶婶，对他照顾得很周全。腿脚不好使的店主人，年过七十的老板母亲，从东京嫁过来的年轻老板娘，以及店主人那离婚后回到娘家的姐姐阿叶——都筑明在少年时代就听闻过他们的事情。尤其是阿叶，据说年轻的时候是个美人，嫁到了有名的避暑地，邻村的一家一流的M酒店，但是却怎么也喜欢不上那地方，一年后就自己回来了。

不知为何，都筑明很久以前就对阿叶有一种莫名的关注。但是阿叶有位才十九岁却在七八年前就因为罹患脊髓炎而卧床不起的女儿初枝的事情，他还是这次停留期间才知道的。

对于这样一位有着人生阅历的美丽女子来说，阿叶如今的容貌实在太普通了，显然她也不太把自己的容貌当一回事。虽然已经年近四十，但是她在厨房忙碌的身姿，依然残留着少女般的动作。都筑明不禁感慨，原来在这山中竟也有如此女子！

从枝叶缝隙中窥探出的火山和树林一起在渐渐恢复勃勃生机。

来这儿已经一周了，都筑明几乎把村子走遍了。他去了好几次以前的家里，婶婶那应该已经转手他人的小别墅和旁边三村家那栋有着大榆树的别墅，这几年来都没什么人来过，门窗都被钉得死死的。曾经大家经常在夏天午后聚集在一起的榆树下，如今只有一条歪斜的长凳，凳子一副快要散架的样子，埋在了无数的落叶中。都筑明对在那棵榆树下所度过的最后的一个夏天现在还记忆犹新——那年夏天，据说又要来邻村旅馆休养的森于菟彦突然造访O村，紧接着几日后菜穗子就一声不响地回了东京。第二天，都筑明在这棵树下从三村夫人那里得知了此事，少年一副忐忑不安的样子，好像认定是自己的原因造成了菜穗子的离开，似乎是下了很大决心地问道："菜穗子小姐没有给我留下什么话吗？"

"没有呢……"三村夫人若有所思，用暗淡的眼神看着他，"我这女儿就这脾气……"

少年好像在忍耐什么，使劲点头，转身离开了——这是都筑明最后一次来到这榆树之家。第二年，都筑明的婶婶去世了，他便再也没来过这个村子。

都筑明坐在已经大半歪斜的凳子上，一次次回想起最后那个夏日的情景，再次回想起那个永远不会再回头望他一眼的少女，他忽然站了起来，决心不再来这儿。

没过多久开始下起了春天的骤雨，这雨每天都要下上一两次。有一天，都筑明在远处的树林，遇上了一场伴随着雷声轰鸣的大雨。

他浑身湿透了，发现林子的空地处有一间稻草屋顶的小屋，便急忙跑到屋子那儿去。一开始他以为这是仓库，但是屋子里面一片漆黑，空空荡荡的。小屋比他想得深。他摸索着找到了一个有五六个台阶的楼梯，顺着走下去，底下的空气异常冷，不由得让他打了个冷战。但更让他吃惊的是，在小屋深处似乎有人早他一步来到这儿了。他的眼睛渐渐地适应了周围，他看到一个女孩缩成一团，似乎是自己这个不速之客把女孩逼到了墙角。

“雨真大呀。”都筑明背对女孩站着，一直看着小屋外面，不好意思地自言自语。

雨下得越发大了，冲毁了小屋前方火山灰质的地面，形成了泥石流，泥石流混杂着落叶与折断的树枝流淌而去。

破旧的稻草屋顶开始四处漏雨，都筑明所在的地方也不能站了，他不得已一步步后退，与女孩的距离也逐渐缩短了。

“雨真大呀！”都筑明这次朝着女孩的方向重复了一样的话。

女孩没说话，似乎点了点头。

都筑明这时才得以从近处看清她，发现她是同村商店“棉屋”家的女儿早苗。早苗先他一步认出了他。

认出了她后，两个人闷声不响地待在这个昏暗的屋子里实在让他感到不自在，于是他又提高了些声调问道：

“这个小屋是做什么用的？”

早苗似乎还在忸怩着，没有答复他。

“看起来不像是普通的仓库呢……”都筑明的眼睛已经完全适应了小屋的黑暗，环顾着周围说。

这时早苗终于小声回答：

“这是个冰室。”

雨水继续滴滴答答地从稻草屋的间隙滴下来，但似乎要停了，外面逐渐变得明亮起来。

都筑明忽然放松了情绪：“原来这就是冰室啊……”

这里刚铺铁路的时候，村里有些人一到冬天就会采集天然冰，把它储存起来，等夏天一到再把冰块通过铁路输送到全国各地，自从东京有了大规模的制冰公司后就渐渐没人去采集冰块了，大多数的冰室就这样任其荒废，说不定森林里还留着好几处呢——虽然以前就经常听村里人说起冰室的事，但这还是他头一次亲眼见到。

“我总感觉这房子要塌一样……”都筑明一边说着一边又再一次好好地环顾着小屋。稻草屋里从雨滴落的缝隙中忽然射入了一缕缕细长的阳光，早苗不经意地朝阳光抬头，那白皙的脸庞一点儿也不像是村里人。他偷偷望着早苗，那一瞬间觉得早苗美极了。

都筑明和早苗一前一后从屋里走了出来。早苗手里拿着一个小筐，她像刚从树林对面的小溪那儿摘水芹回来的样子。两人出了林子，一句话也没说，就这么一前一后地走着，穿过桑树和田间朝着村子的方向走去。

从那天开始，都筑明就喜欢上了林子里那片有冰室的空地，一到下午他就去那儿，横躺在破败的冰室前的草丛中，不厌其烦地透过对面的林子眺望着近在咫尺的火山。

接近傍晚的时候，棉屋家刚摘水芹归来的早苗会从他面前经过，在那儿短暂地站着说会儿话，这渐渐成了他们两人的习惯。

## 五

不知从何时开始，都筑明和早苗每天午后都会一起在冰室前待上几个小时。

在一个有风的日子里，都筑明发现，原来早苗有点儿耳背。林中的树木终于发芽了，每当春风吹拂，树枝随风摇晃，就连枝上刚发的芽都泛着银光。每当那时，早苗都像在认真倾听什么，脸上露出庄严的表情，让都筑明感到有点儿吃惊。都筑明只想和早苗这样静静地待着，彼此间无须言语，与其说尽想说的话，倒不如就这样点到为止。像这般无欲无求的美丽相遇估计不会再有了吧。他想，如果能让对方也明白就好了。

对早苗而言，即使她并不是那么了解都筑明，但只要自己说了些多余的话，她就会看到都筑明会立马不悦地把头扭向一边，所以大多数时候她都是闭口不言。一开始早苗也不清楚是为什么，虽然都筑明借宿的牡丹屋的主人和自己家是亲戚，但是两家关系向来不和，她以为是自己无意间提起阿叶他们的事情让他不悦了。后来她发现，即使说的是其他事情，他也是一样的反应。只有一件事是他喜欢侧耳倾听的，那就是自己少女时代的故事，尤其是和她的发小——阿叶的女儿初枝小时候的故事，她可以反反复复讲上好几遍。初枝在十二岁那年的冬天，在去学校的路上突然被人推倒在冰冷入骨的雪地上，导致初枝患上了脊髓炎。当时村里的很多孩子都在场，也不知道究竟是谁的恶作剧。

都筑明听着初枝小时候的故事，蓦地在心中描绘出逞强的阿叶独自一人在某个角落露出寂寞神情的画面。虽然现在阿叶已经放弃了自己的全部，为了女儿牺牲一切地生活着。他忽然想起多年前自己还是个少年的时候，他来到这个村子过暑假，听过她和一个法学系学生的传言，说是阿叶家来了一个法学系的学生，从春天来到他们家学习，到冬天也不愿意回去，这事成了别墅里人们的谈资。原来阿叶也曾有过这样一段迷惘的时期啊，都筑明心中阿叶的形象更丰满了。

早苗在身旁的都筑明眼神放空、似乎想着什么事的时候，总会折下手边的草，轻轻地摩挲着自己的脚踝。

两人常常像这样一待就是两三个小时。

傍晚时分，他们分别回村子。在回家的途中，都筑明经常在桑树林里遇到一位骑着自行车的巡警，他负责在这一带的村子巡逻，是个受欢迎的年轻巡警。都筑明路过他时总会轻轻地点下头。都筑明在不久前才知道这个招人喜欢的巡警正在追求自己刚见过的那位姑娘——早苗。自那以后，他对那位巡警更是有了一种特殊的好感。

## 六

一天早上，菜穗子在准备起床的时候，突然发出一阵剧烈的咳嗽。她觉得吐出的痰有些不对劲，因为咳出的痰是血红色的。

菜穗子并没有慌张，她还是像往常一样起床，没有告诉任何人，一整天也没再发生什么异常。但是那天，菜穗子看到像往常一样下班回来的丈夫依然一脸平静后，她突然间想让丈夫惊慌失措一下，于是在只有他们两人的时候她告诉了丈夫早上咯血的事情。“哦，那样的话也没什么嘛。”圭介嘴上是这么说的，脸色却立马变了，让人觉得怪可怜的。

菜穗子故意没有回答，只是一直盯着他。这让丈夫刚刚说的话听起来更加空洞乏力。

丈夫将脸扭到一边，避开了菜穗子的目光，没有再说一句宽慰的话。

第二天，圭介没有把菜穗子咯血的事情告诉母亲，只是谈了谈菜穗子的病情，他跟母亲商量着有没有什么地方可以让菜穗子搬去疗养的，还说菜穗子也同意了。古板的母亲一听说向来愁眉不展的儿媳妇要暂时离开他们一段时间移居别处，自己又能和儿子回到二人的生活，脸上的轻快神情在圭介前坦露无遗，但嘴上却不同意，说怎么能让生病的儿媳妇搬出去。最后还是给菜穗子看病的医生说服了她，去的地方也是那位医生推荐的，同时也是菜穗子本人的意愿，选择了信州八岳山山脚下一处高原疗养院。

在一个微微阴天的早晨，菜穗子在丈夫和他母亲的陪同下，坐上中央线的列车，出发去疗养院了。

午后，他们到了山脚下的疗养院，圭介和他母亲看到菜穗子以患者身份住进了二楼的一间病房，没等日落便急匆匆地回去了。在疗养院里，婆婆好像害怕什么一样总是弓着背，只要婆婆在场，向来胆小的丈夫连话都不能跟她好好说。等送走丈夫和婆婆，对于为什么婆婆一定要和丈夫一起送自己过来这件事，她觉得没有那么简单。与其说是担心自己这个儿媳妇，不如说是她不想让圭介和自己这个病人单独相处，因为她最怕圭介的心离开自己。另外，比起不得不一个人在这个山中的疗养院独自生活，她感到如今连这种小事都会猜疑起来的自己，更加可悲。

刚来的那几日，菜穗子一人吃完晚饭，就从窗户那儿眺望着山和森林，平静地等待着一天的结束，她想着，这里对自己来说确实是个不错的避难所。走到阳台向外望去，附近村子里的声音听起来像是从远方传来的。风时不时吹在身上，树木的清香飘到她的身边，这估计是这里唯一被允许的生命气息了。

为了反省自己以往的命运轨迹，她多想一个人这样待着啊。直到昨天，她还是如此渴望这样一个地方，一个可以让自己的心任意地放纵在这不知道从何而来的不可思议的绝望中的地方——现在一切都得以实现了。她现在终于可以随心所欲，不用勉强自己去倾听和微笑，也不用伪装自己，不用在意自己的表情和眼神。

啊，在这样的孤独中她却神奇地死而复生了——她十分喜欢这样的孤独。以前和婆婆、丈夫在一起所谓一家团圆的时候，她的内心反而被一种难以言喻的孤独感占据。而在山中的疗养院里，当她不得不一人生活时反而头一次感到了生的愉悦。生的愉悦？这究竟是疾病中人处于怠倦而对琐事的漠不关心，还是处于被压抑的生命和疾病抗争所产生的某种幻觉呢？

日子就这样日复一日地缓缓流逝。

在这种孤独又无聊的日子里，菜穗子在精神和肉体上却奇迹般地好转了。但是，伴随着身体的日渐好转，她也不得不承认，这个好不容易找回的自我和以前那个催生她乡愁的自我已经不一样了。她不再是当初那个年轻的小姑娘了，也不再是独自一人了。即使并非出于本意，但是她已为人妻。曾经沉闷生活里的一举一动，在这样孤独的生活中早已失去了原本的意义，她却还执拗地在空中描绘着那样的生活。她现在还会像以往一样，总感觉有人在她的身边，会没有缘由地皱眉，假装微笑。有时候，她会像是在责问着那些让她不开心的东西一样久久地凝望着天空。

每当意识到自己又变成了那副样子，她就会莫名其妙地告诉自己“再稍微忍忍……稍微忍忍……”只不过，这次她是说给自己听的。

## 七

转眼到了五月。圭介的母亲时不时会寄来一些问候的长信，圭介几乎没写过什么能称得上是信的东西。她觉得这倒是圭介的作风，这样反倒让她感到更轻松。即使在她心情不错的日子里，如果到了不得不向婆婆回信的时候，就算她已经起床，也会特意再钻回被窝，平躺着用铅笔艰难地写着字，那样可以掩饰她写信时候的心情。如果要回信的不是婆婆，而是更坦率的圭介的话，就算是为了挖苦他，她也一定会忍不住把如今在孤独中重生的喜悦感告诉他。

“可怜的菜穗子啊。”这是她时不时喜欢自言自语的话，“你不惜推开了身边的所有人，小心翼翼拥入怀中的那个自己，真的有那么好吗？现在如此深信不疑的自己，那么不惜一切保护的自我，说不定某天你就会发现，它早已在不知不觉中变成了虚无，这样的事情早晚会遇到的……”

这时候，她知道只要把视线伸向窗外就能让自己远离这不情愿的想法。

风不断地让树叶散出怡人的香气，或深或浅的树叶在风中翻转着，沙沙作响。“啊，好多树呀……真好闻……”

有一天，菜穗子下楼去接受会诊，在二十七号室门外，她看到一位穿着白色毛衣的男子双手掩面，似乎无法接受一样在抽搭着哭泣。他是陪着病重的未婚妻来的，看起来是个十分稳重的青年。几天前，他的未婚妻突然病危，这位年轻人一直瞪着一双充血的眼睛在病房和医务室间奔波，走廊里总是能看到他穿着白色毛衣的身影。

“看样子是不行了吧，真可怜啊……”菜穗子这么想着，她不忍心看到年轻人那令人心痛的身影，于是快速地从他身旁走过了。

她在通过护士室的时候，好奇地问了问，事实上那位年轻的姑娘刚刚奇迹般好转了。一直安静地守护在病危的未婚妻枕边的年轻人在知道这个消息后，忽然离开了她身边，跑到门外去了，然后他在门外，突然间喜极而泣，连屋里的病人都能听到他在哭。

从医生那里会诊回来后，菜穗子又在病房前看到了那位穿着白色毛衣的青年。依然双手掩面，虽然哭得声音不大。这次菜穗子不由得朝他投去贪婪的眼神，她痴痴地盯着年轻人颤抖的双肩，缓缓地从他的身边走过。

从那天起，菜穗子就莫名其妙地苦闷起来，一有机会就会抓着护士，由衷地从内心同情那位姑娘，刨根问底地打听着姑娘的病情。但是年轻的姑娘在那五六天后的夜里，突然咯血过世了，穿着白色毛衣的青年也不知何时从疗养院消失了。得知这件事的时候，菜穗子不由得感到自己仿佛从那种苦闷的东西中解放了，她不知道自己为什么会这样苦闷，也不想知道。这几天折磨着她内心的苦闷感，似乎也消失得干干净净了。

## 八

都筑明还是一如既往地在冰室旁和早苗幽会。

可是他变得越来越难以取悦，早苗甚至很少开口说话了。都筑明也很少说话，二人就这样只是肩并肩，看着天空飘过的小云朵或是杂树林里闪着光的新叶。

都筑明偶尔也会朝着姑娘的方向望去，默默注视着姑娘。如果姑娘不经意地笑了，他就会像发怒一般把头扭过去，他甚至无法忍受姑娘的微笑，似乎他喜欢的只是姑娘无动于衷的样子。姑娘也渐渐地看懂了他的心思，后来即使都筑明在望着她的时候，她都会装作好像没察觉一样。都筑明有一个癖好，喜欢盯着她的上方，这感觉就像是从她的肩上朝着远方望去。

可是今天他的目光并没有望向远方。姑娘一开始以为是自己的错觉，她本来打算今天向都筑明坦白，在这个秋天她就不得不嫁人了。她之所以想坦白，不是指望对方会去做什么，只需要他能倾听她的话，然后让她尽情地哭一场就好了。她想用这样一种方式向作为少女的自己认真地告别，她觉得只有在和都筑明相遇的这段日子里，自己才像个女孩子。无论他提出多么苛刻的要求，只要对方是都筑明，她就不会生气，还会觉得他越这样对自己，自己反而就越发像个少女。

远处的森林中，从刚才就一直传来一阵伐木的声响。

“好像哪里在砍树呀，从刚刚开始就一直听到树倒地的声音。”都筑明不经意地自言自语。

“那片林子本来是属于牡丹屋的，不过两三年前就卖掉了……”早苗自然地回应，随即她就在想这样的方式会不会惹他不高兴。

但是都筑明什么也没说，只是从刚才开始就一直望着天空，眼神中有一瞬间闪过一丝的痛苦。难道连村子里最有历史的牡丹屋也要这样一步步地拱手让人了吗？那些让人心生怜悯的一大家子的人们啊——腿不好使的店主和他的老母亲、阿叶还有她那患病的女儿……

那天，早苗最终还是没能坦白说出那番话。天色渐晚之后，只剩下都筑明还留在那边，早苗心有不舍地独自先回去了。

都筑明像往常一样把早苗打发回家后没多久，想起来她今天那一副恋恋不舍的样子，他突然站起来，走到了那棵赤松树下，从那里能望见她走在村间小道上回家的身影。

只见沐浴在夕阳余晖下的村间小道上，早苗和半路遇上、推自行车的年轻巡警忽远忽近地走着，渐渐地，身影越走越远，直到消失不见。

“看样子你要回到本来属于你的地方了……”都筑明心里想着，“我反而由衷地盼望这件事。我是为了失去你才追求你的，现在你将离我而去了，尽管这让我很痛苦，但是那痛苦却又正是我想要的……”

都筑明好像十分喜欢这突如其来的想法，脸上一副我意已决的样子，把手扶在赤松树上，一直目送着早苗和巡警的背影在夕阳的照射下渐渐消失。

一路上，他们之间始终隔着一辆自行车，若即若离地走着。

## 九

转眼到了六月，菜穗子每天都会散步二十分钟，在她身体舒服点儿的日子里，她经常会一个人逛荡到山脚下的牧场那里。

牧场一直延伸到远方，地平线的附近，一丛树林在不规则的间隔中落下了紫色的影子。原野之中，十几匹牛马聚在一起到处游荡吃草。菜穗子沿着牧场四周的栅栏缓缓步行，脑子里飘着各种不着边际的想法，就像在她眼前四处飞舞的黄色蝴蝶，渐渐地这些想法总会汇到一个问题上。

“哎，我为什么会和这个人结婚呢？”菜穗子想着这个问题，随意地坐在了草地上。然后她想着还有没有别的活法。“为什么那时候会觉得进退两难，感觉好像这是唯一的避难所一样逃入婚姻当中去呢？”她想起结婚那天了。她和新婚丈夫圭介并排站在会场的入口，朝着来这祝贺的年轻男人们点头。她心想自己可以和那里面任何一个男人

结婚。也许正因为如此，站在她身旁比她矮了一截的丈夫反而让她有了种安心的感觉。“唉，那天那种安心的感觉去哪儿了？”

一日，菜穗子钻过牧场栅栏，在草地上走了很远，牧场正中央孤零零地立着一棵大树。树的那种让人感觉颇有悲剧色彩的身姿抓住了菜穗子的心。牛马成群，在原野的尽头吃着草，她一边注意那边的情况，一边决定要走近那棵树仔细瞧瞧。渐渐地离那棵树越来越近，但还是看不出是什么树。只见树干一分为二，一边的树干绿叶锦簇，另一边却枯萎了，仿佛在痛苦地挣扎。菜穗子看着一边的树枝长着形状漂亮的树叶随风摇晃，又看着另一边令人心痛的枯树枝，想着：“我现在也是这样活着的吧，一半的我早已枯萎殆尽……”

快到六月底，天空阴沉沉的，好像梅雨季节一样，这几天菜穗子都没有出来散步。这样无趣的日子，连菜穗子都几乎无法忍受了。一天，她无所事事地等待着天黑，好不容易等天暗下来，又响起了让人沮丧的雨声。

就在那样一个微凉的日子里，圭介的母亲忽然来探望她了。菜穗子得知后走到门口去迎接，当时那里有一个年轻患者在其他病人与护士的目送下出院了。菜穗子和婆婆也一起站在那儿目送，站在旁边的一位护士悄悄地告诉她，那是位年轻的农林技师，为了完成自己的研究不顾医生的忠告，执意要下山。“哇！”菜穗子不由得脱口而出，她又重新打量那个年轻男人。他有着一副高大的身姿，乍一看一点儿也不像病人，但仔细一看，比起手脚被太阳晒得黝黑的其他病人，他要瘦得多，脸色也很差，但是眉宇间透露着其他人都没有的生机。这让她对那个陌生的年轻人有了一种莫名的好感。

“那些都是病人吗？”婆婆一边与菜穗子在走廊中走着，一边用惊讶的口吻问着菜穗子，“看起来都比普通人要健康得多。”

“虽然看起来不错，但是身体都不好。”菜穗子若无其事地站在了他们那边。

“要是气压突然有变化的话，那些人中有的会立马咯血，那些病友聚在一起就会想着下次又会轮到谁呢，说不定就是自己了。大家互相隐藏着彼此内心的不安，所以与其说他们健康，不如说喧腾好了。”

菜穗子一边说着自己的见解，一边又立马担心婆婆也是这么看自己的，婆婆肯定不愿她一直一个人住在这山里的疗养院，于是她开始很不安地向婆婆解释自己左边的肺部还一直有阴影。

走到医院二楼尽头一间病房的时候，婆婆飞快地打量了下这充满苏打水气味的病房，一副很怕长时间待在这里的样子，立马走到阳台上了。

阳台上还有些冷。

“哎，怎么这人一到这儿就总是弯着背了呢？”菜穗子盯着婆婆的后背心想着，婆婆的手搭在阳台栏杆上，望着远方，婆婆的后背让菜穗子很不舒服。不久婆婆不经意地朝她回了下头，看到菜穗子正在呆呆地盯着自己，脸上一副像是故意挤出来的笑容。

一个小时后，无论菜穗子怎样百般挽留，婆婆还是执意回去。她又来到大门口送婆婆，从婆婆那好像在畏惧着什么的弓背中，菜穗子感到了一股强烈的虚伪……

## 十

黑川圭介在走过一半的人生后才渐渐感到什么叫为别人而痛苦，但其实很多人在人生之初便早已体验过了。

九月初的一天，圭介在位于丸之内的工作单位和一位叫长与的远房亲戚商谈业务。工作上的事情差不多结束后，两个人的话题渐渐落到了私事上。

“听说你夫人进疗养院了呀，现在怎么样了？”长与在和人交谈的时候有着不停眨眼的怪习惯。

“嗯，好像没什么大碍了。”圭介轻描淡写地带过，然后打算引到别的话题上。因为母亲不想让别人知道，所以菜穗子因肺病住院的事情他对谁也没提及过，这个男人是怎么知道的？这让他有些吃惊。

“好像进的还是给重症患者住的那种特殊医院吧？”

“没有的事，你搞错了。”

“这样啊，那就好……这事我也是前阵子从你妈那儿听来的。”

圭介不知不觉变了些脸色：“我家母亲应该不会说这种话吧……”

他心情变得有点儿复杂，不高兴地送走了那位朋友。

那天晚上圭介和母亲两人坐在餐桌旁默默地吃着晚饭的时候，他装作若无其事一样问道：

“菜穗子住院的事情长与知道了。”

母亲却一副毫不知情的样子：“这样啊，那个人怎么会知道这事？”

圭介不想看到母亲，把头扭到了一边，忽然间意识到自己身边好像缺少了什么——每当晚饭的时候，菜穗子总是会被排挤在话题圈外。圭介他们也不怎么在乎菜穗子的感受，聊着以前的熟人或者经济方面的问题来打发时间。每当这时候菜穗子就会神经紧绷低着头好像在拼命忍耐什么，现在圭介就好像看到菜穗子正一副那样的表情坐在自己身边。这种事还是第一次在他身上发生……

母亲表面上十分忌惮谈起儿媳因为肺病而住院的事，为了在人前掩饰这件事都有点儿神经衰弱了，而且还不允许圭介自己去探望妻子。所以，圭介从没想过母亲会故意私底下散布菜穗子的病情。

圭介知道菜穗子经常给母亲写信，也知道一直都是母亲在回复。但是他很少向母亲询问菜穗子的病情，每次都满足于母亲的回答，也没想过要去了解信上都说了些什么。圭介从那天长与的话中发现，母亲好像一直在对自己隐瞒着什么，他忽然间有种难以言表的焦虑，同时又对自己的做法感到强烈后悔。

两三天后，圭介突然坚持第二天要从公司请假去探望妻子。母亲听后自然是一张苦瓜脸，那神情真是难以言喻，但是她最终也没有反对。

# 十一

黑川圭介想象着自己妻子病入膏肓濒临在死亡的边缘，自己却漠然不知，这让他感到不安，他忍着内心的不安，在二百二十日[①]前的一天慌张地奔向了信州南部。那天时不时刮着强风，大粒雨珠一颗颗打在车窗上，在这样的狂风暴雨中火车到了接近信州边界的山区时，为了换轨倒退了好几次。每当被雨遮住看不到窗外的景色时，不习惯旅途的圭介就会感到自己好像不知将行至何方。

火车在和其他山间车站差不多的车站停下了。直到快发车的间歇，他才意识到这是疗养院那一站，圭介慌忙地下了火车，冲进雨中淋了个湿透。

大雨中车站前停着一辆破旧的汽车，车外面还有一个年轻的女顾客也是跟他去同一家疗养院，于是决定同行。

“有位病人突然间恶化了，我必须得赶紧赶过去……”

---

① 日本称立春后的第二百二十日，多在 9 月 11 日前后。

年轻的女子解释道。那位年轻的女子说她是邻县 K 市的护士，因为疗养院患者突然咯血而被电话紧急叫来帮忙的。

圭介突然心跳加快，冷不丁地问道："是个女患者吗？"

"不是，这次好像是第一次咯血的青年。"对方若无其事地回答道。

车子奔驰在风雨中，驶过脏兮兮的房屋，沿着街道行走，不时溅起一路水花，在经过一个小村子的时候，开始攀爬一座斜坡，疗养院就建在这座斜坡上。突然间引擎声音提高了，车身倾斜，圭介有些不安。

到疗养院时，正是患者们的静养时间，大门口一个人也没有。圭介脱去进水的鞋子，一手拿着一只鞋径直走到走廊，他走到一间房想着好像是这个房间，又发现走错了折返了回去。折返的路上有间病房的门半开着，经过时他不经意往里面窥探了一眼，在近在眼前的病床上，躺着一个年轻的男人，脸上一层薄薄的络腮胡，面色如同黄蜡仰面躺着。男人好像看到了窗外的圭介，却没有转头，只是像鸟一样瞪大双眼朝着圭介望去。

圭介不由得吓了一跳，想赶紧走过去，这时有人从门内过来把门关上了。那瞬间，那人好像对他点了点头，回过神来他发现那人是车站遇见的那个年轻女人，现在已经换上了白衣。

圭介终于在走廊里遇到一个护士，赶紧上前询问才知道菜穗子的病房还在前面。他按照指示走上走廊尽头的楼梯，想起来之前送妻子入院时的事情，心里有些激动。他走近了菜穗子所在的三号病房，想菜穗子会不会也像刚才那个咯血患者一样已经十分虚弱了，面无表情地躺在床上头也不回地瞪着大眼望着，不知道自己是谁呢？一想到这里他不由得打了个冷战。

圭介先冷静了一番才轻轻地敲了门，推开房门，病人正躺在床上看着外面，似乎对谁进来了并不关心。

“咦，怎么是你？”菜穗子回过头，圭介感觉她明显消瘦了不少，这让她的眼睛显得更大了，她盯着圭介的眼睛里瞬间闪过异样的光芒。

圭介看到菜穗子的眼神，松了口气，放心了不少。

“我一直想来的，因为实在太忙了就没能来。”

听到丈夫那带着辩解的话语，菜穗子眼里那异样的光芒一下子消失了。她的眼神迅速阴沉了下去，从丈夫身上转移了视线朝着双侧玻璃望去。风不时随心所欲地拍打着外层的窗户，大颗的雨滴一下下敲打着窗户。

圭介冒着如此大的雨来到山上探望妻子，自己的妻子却一副无所谓的态度，这让他有些不满。但是一想到见到妻子前内心的不安，他就释然了不少，问道：“最近怎么样，还好吗？”圭介和妻子说话时有个习惯，眼睛总会看着别的地方。

菜穗子也知道丈夫的这个习惯，好像不看着自己也没关系，默默地点了点头。

“那个，再在这儿静养一阵子的话就快痊愈了吧？”圭介的脑海中不断浮现方才看到的那个咯血病人，他的眼神就像是一只濒临死亡的鸟儿一样空洞，于是圭介向菜穗子投去一个试探性的眼神。

但是和菜穗子四目相对的时候，他发现菜穗子正在用怜悯的眼光望着自己，这让他不由得把头别过去，诧异着为什么她会以这种眼神望着自己，并靠近了被雨敲打着的窗户。窗外在飘洒着大雨，连对面的病房也看不清，只能听到树叶被雨敲打的声音。

到了傍晚，暴雨也没有停的迹象，因此圭介也不打算回去了。天色终于黑下来了。

“我能在这疗养院住一晚吗？”圭介站在窗边抱着双手不经意地说道，眼睛却盯着外面被暴雨蹂躏的树木。

菜穗子略带惊讶地回道：“住在这儿好吗？村子那里不是有旅馆吗？住这儿的话……”

“这儿也不是住不了呀，我觉得比住旅馆好多了。”他说着环视了下狭小的病房。

“就住一晚，我可以睡地板，也没那么冷。”

菜穗子惊讶地盯着圭介心想：“这人今天怎么……”

然后像是在说一件可有可无的事情一样奚落道："怪人……"但是，菜穗子那奚落的眼神里并没有让圭介感到不安的东西。

圭介一个人去食堂吃了晚饭，食堂里有很多女陪护人。晚饭后，他向值班的女护士询问，让对方帮他准备下留宿的寝具。

八点左右，值班的护士给圭介带来了陪护人员专用的组装床和毛毯，护士在测过菜穗子的体温后就回去了。圭介开始一个人笨拙地摆弄着组装床。菜穗子躺在床上，忽然在房间的一角隐隐约约感到圭介母亲那略带凶狠的目光，她眉头轻皱地看着圭介在那儿忙活。

"这样床就组装好了……"圭介试着坐上了刚组装好的床，把手伸进衣服口袋里摸索着，然后掏出了一支烟。

"走廊里可以抽烟吧？"

菜穗子没有搭理他，沉默着。

圭介有点儿无所适从，慢吞吞地走到走廊里，一边吸着烟一边在屋子外走来走去。菜穗子的耳边，风雨在树叶上肆虐的声音和圭介的脚步声交替出现。

“睡之前把灯关了哦。”菜穗子不耐烦地提醒了一句。

他走到妻子枕边，赶走了蛾子。关灯前，菜穗子嫌灯光刺眼，闭上了双眼。

圭介看到她的眼周已经有了黑眼圈，甚是心疼。

“还没睡吗？”黑暗中菜穗子忍不住朝着丈夫问道。那张放在自己床尾边的帆布床总是传来吱呀吱呀的声响。

“嗯……”丈夫故意发出睡得迷迷糊糊的声音，“雨声好像很大呢，你也睡不着吗？”

“我睡不着也很平常啊……毕竟我经常睡不着……”

“这样啊……不过这样的一个夜晚，一个人在这儿待着确实难免感到厌烦吧……”圭介停顿了下，朝着背对她的方向翻过身去，然后终于有勇气说道，“你不想回家吗？”

黑暗中菜穗子不由得缩成一团：“除非身体彻底痊愈，不然我不会考虑回去的事情。”说完她就翻了个身没再说话。

圭介也没再说话，黑暗从四面八方包围着他们俩，只能听到树木在风雨中呼啸的声音。

# 十二

到了第二天，一片树叶被风吹到了玻璃的正中央，菜穗子直勾勾地盯着那片树叶，觉得很神奇，随后她像想起什么好笑的事情一样，居然不由得傻笑起来。

“你可是比我年纪小的，能不能别再用那种眼神看着我了。”临走时圭介轻微地抗议道，但眼睛还是不敢直视菜穗子——此刻，菜穗子正饶有趣味地盯着那片树叶出神，透过玻璃窗上浮现的自己的目光，她想着丈夫那意外的抗议。

我这眼神又不是一天两天了，我还是个小姑娘的时候，母亲他们就不喜欢我这眼神，他不会是现在才发现吧？还是说他一直很在意，只是没有说，终于在今天说了心里话？昨天晚上的他一点儿也不像原来的他……

不过……他这个胆小怕事的人，竟然一个人在暴风雨中孤零零地坐火车，应该很害怕吧……

丈夫好像在怕什么，一晚上辗转反侧难以入睡，好不容易等到天亮，快到中午的时候云才终于散去，四周起了浓雾，丈夫一脸如释重负的样子，快速地朝停车场走去。

转眼天气又变了，菜穗子想着丈夫在暴雨中有没有坐上车呢，但也不是特别担忧，她又盯着紧紧贴在玻璃窗上的叶子许久，叶子如同被描绘上去似的。不久，她又露出了连自己都没察觉到的微笑。

与此同时，黑川圭介乘上的那列火车，正在暴雨的蹂躏中朝着森林众多的边界前行。

对于圭介来说，比起这暴风雨，在山中疗养院所经历的事情才是不寻常的，直到现在他还很在意。对他来说，这应该是他对于某个未知世界的首次接触。暴风雨比来的时候更猛烈了，树木在风雨中苦苦挣扎，树叶几乎擦着车窗在猛烈摇晃，从车窗里几乎难以看清外面。生平第一次失眠，在车里圭介用他那飘忽不定的思绪想了许多：妻子身上那越发强烈的孤独感，昨天晚上自己好像变了一个人，竟然一夜未眠，还让母亲一个人在家中苦苦等待自己回去。也许是那排他的母亲希望世上只有她和她儿子的缘故，妻子才会被赶到别的地方，母亲只想与儿子两个人小心翼翼地守护着家中的平和，但是现在在他眼前所浮现的画面是一幅以菜穗子为主题，带着不可思议的厚重感的生与死的画面，相比之下之前所想的那些显得是多么微不足道。他陷入了一种异样的兴奋，想法坚定到可以将他那安逸的状态连根拔起——火车在森林边界冲破暴风雨疾驰着，圭介几乎一路上都闭着双眼沉浸在自己的思绪中。有时他会想到外面在下着暴雨，便睁开双眼向外望去，但是心实在太累，不久眼皮又合上进入半梦半醒的状态。现实与回忆的感觉缠绕在一起，他感到自己好像变成了两个人。他一心往窗外看却什么也看不到，这让他感到此刻自己的眼神，仿佛同昨天山中疗养院那半开的门中偶然看到的垂死患者的眼神一般空洞，有时候又觉得自己要变成菜穗子那让人无法直视的眼神，甚至这两种眼神有时会奇异地交错在一起……

窗外忽然明亮起来，这让他放轻松了一些。他用手指擦拭了雾蒙蒙的玻璃窗朝外望去，火车终于穿过了边界的山区，来到了一片巨大的盆地中央，暴风雨还没有减弱。圭介呆望着窗外，只见铁路附近的葡萄田里五六个穿着蓑衣的人站在那儿好像在互相呼喊着什么，这幅景象让圭介觉得很奇怪。越来越多的人注意到了那些人的举动，车厢内不久开始骚动起来。从周围人的谈论中，圭介得知傍晚伴随着暴雨，这个地方下了大量的冰雹，好不容易成熟的葡萄田都被砸了，农民们只能束手无策地盼着暴风雨能早点儿停歇。

每到一站，车内人群的吵闹就越厉害，只见在雨中被淋得湿透的列车员在站台上一边叫骂一边跑着。

列车经过了一片片呈现惨状的葡萄田平原后又一次进入了山地，这时乌云终于有了间隙，时不时从间隙中射出一缕缕光芒，照得玻璃窗户闪闪发光。圭介终于开始清醒了。与此同时，他忽然之间感觉到之前的自己很可怕，那像濒死的鸟一样的病人怪异的目光，还有自己刚才的眼神一下子全忘记了，只有菜穗子那令人心痛的眼神依然鲜活地浮现在他的眼前……

火车到达雨后的新宿站时，车内洒满了夕阳赤色的余晖。圭介下车时，车内的空气热腾腾的，让他颇感吃惊。他忽然回想起来山中疗养院里那让皮肤紧绷的凉意。他穿过车站里的人群，发现前面有许多人聚集在一起，便下意识地停下看了看公告牌。上面是一则他刚刚乘坐的中央线列车有部分线路停运的通知。他又接着看了下去，原来是刚刚乘坐的列车线路上，山峡中的一座铁桥塌了，后面的火车被困在了暴风雨中。

圭介看完后，脸上露出一副原来如此的表情，再一次怀着一种奇异的心情继续在站台的人群中穿梭。他想到，在这么多人里，唯有自己一人的心里被从山里带来的不同寻常的东西所充斥着。他径直朝前走着，甚至有种悲痛的情绪。此刻他内心所充斥着的东西，实际上是在距离死亡一步之遥时候产生的不安，但是他并没有想那么深入。

那天，黑川圭介无论如何也不想就那么直接回到家中。他到新宿的一家店吃过饭后又到外面类似的店里慢悠悠地喝起了茶，接着又到了银座，在夜晚的人群中徘徊着。他虽已经年近四十，但这种事情还是头一次体验。外出期间，有时他也会想到母亲那苦苦等待自己的身影，但是好像故意想让她多苦苦等待一会儿的想法在心里多残留了一阵，他故意拖延着不想回家。他甚至想到自己以前居然能忍受在那个没有生气的家中过着只有母子二人的生活。菜穗子的眼神还不停地在他脑海萦绕，但他一点儿也不觉得厌烦。那时不时在他眼前掠过的生与死的画面却渐渐地变模糊了。他觉得自己渐渐变得和在自己旁边一前一后走着的路人一样。在意识到这是前几日的疲劳所致后，他怀着无可奈何的心情好像被什么拽着一般终于朝着大森的家走去，第一次意识到想回到母亲身边的自己是很奇怪的，但是他还是在将近十二点的时候回到了家里。

## 十三

阿叶为了给女儿看病治疗，从 O 村来到了东京——

七月份开始都筑明还是那副郁郁寡欢的样子去事务所上班了，得知阿叶来东京这件事后，在九月底的某一天都筑明去筑地的医院探望了她们。

“情况怎么样？”都筑明尽量不去看病床上的初枝，对阿叶询问道。

“谢谢您的惦记。”阿叶和山区的妇女一样，在这样的场合下不知所措，只是格外感激地望着对方，支支吾吾地说，“该怎么说呢，没有之前想象的顺利……找了很多医生看过，但是谁都没能给个准，这让我很犯愁。本想干脆做手术好了，好不容易才下定决心带她出来的，但是大家都说手术的可能性不大……”

都筑明瞥了眼睡着的初枝，这么近距离看着初枝还是第一次。初枝长得和母亲很像，有一张鹅蛋脸，容貌姣好，并没有他想象中那么憔悴。对于别人在她面前谈论她病情的事情她并没有感到厌恶，只是一副害羞的样子。

阿叶起身去沏茶，只剩下都筑明和醒了的初枝两人面对面。都筑明尽量把目光从对方的身上移开。在他面前的初枝感到不知所措，眼神带着不安，脸上微红。都筑明在背地里听有人说起过，说初枝和阿叶交谈的时候，语气就像是十二三岁的少女撒娇，但是他从来没想到这个小女孩的眼神居然能如此有女人味。他忽然想起，眼前的初枝和早苗是发小，从小玩到大。早苗应该在初秋已经嫁给了那位受欢迎的年轻巡警了，嗯，那个人他也认识。

之后每隔两三天都筑明就会在下班后去探望她们。很多时候秋日黄昏的阳光会洒满她们的病房。在那温和的日光中，阿叶和初枝不经意的谈话和举止都被一旁的他看在眼里，他有时会忽然感到那里飘荡着 O 村特有的气息，他贪婪地吮吸着那种气息。每当那时，他觉得自己一直试图在那个山村姑娘那里寻求的东西竟然意想不到地在这对母女面前找到了。阿叶似乎隐隐约约察觉到了都筑明和早苗的事情，却也无意探听，这让都筑明很满意。他有时候真想一头栽进这个年长女子温暖的怀抱里，尽情地闻着村子里的气味，什么话也不说就这样被阿叶安慰着。

“半夜醒来的时候，空气很湿润，让人感到不舒服。”已经习惯了山里干燥空气的阿叶在东京的这段时间里，常常向都筑明这样抱怨。阿叶毕竟是个地道的山里妇女，虽说在 O 村里算得上是少有的容貌姣好又要强的女性，但是到了东京，就算不出医院一步，依然看上去与周围的事物格格不入，乡土气十足。

饱经沧桑仍然拥有少女气质的阿叶和因为常年患病到了年纪却依然像个没长大的孩子似的独生女初枝——那两人不知从何时起，对都筑明来说已经成了他不可分割的一部分。从医院回去的时候，阿叶总是会送他到大门，他知道阿叶站在他背后，忽然在心中描绘起这样的人生画面：自己何不与这对母女一起承担起未来的命运呢？这也不是不可能的事嘛。

## 十四

一天傍晚，都筑明有点儿发烧，早早地从事务所离开了，直接回到了荻窪的家中。平常下班早的时候，他都会去医院探望阿叶她们，所以今天从荻窪下车的时候天还少见地亮着。从电车上下来，西方天空中暗红的细长晚霞在被映红的杂木林上方延展，他朝着天空呆望了一会儿，突然间开始猛烈地咳嗽。站台上另一端站着一个矮个子男人，像是个上班族，好像在想什么心事，听到声音后非常惊讶地转身朝着他看了过来。都筑明感觉他似乎在哪儿见过这人，他强忍着咳嗽的发作，只能任由那个人看着，拼命地弓着背。咳嗽终于停了，都筑明似乎已经忘记了刚才的那个人，朝着台阶走去。刚走上台阶，他忽然间想起来那人就是菜穗子的丈夫，急忙回头望去。但是那人已经恢复了刚刚的样子，在夕阳的天空和泛黄的杂树林的映衬下，一副郁闷的神情，面朝远方站着。

“那人看起来好孤独啊……”都筑明这么想着走出了车站。

“菜穗子是不是出什么事情了？会不会是生病了？上次见她我就有这种感觉了。当时她丈夫看上去像是个难以接近的人，但说不定是个好人呢？不管怎么样，我完全不知道怎么跟这种孤独的人打交道。”

都筑明回到自己的寄宿公寓后害怕咳嗽发作，没有立马换衣服，而是坐在了朝着西面的窗台上，他想菜穗子此刻说不定正在西边的某个遥远地方，过着自己想象不到的不幸生活。他眺望着火红的天空和泛黄的树梢，就好像是生平第一次看到一样。天空的颜色开始变换，都筑明看着这颜色的暗淡，突然间感到了难以忍受的恶寒。

黑川圭介此时还是像刚才一样若有所思的样子，面朝着西方布满晚霞的天空，呆呆地站立在车站的一端。从刚才开始他已经错过了好几班电车了，但是却又不像在等谁。唯一一次让圭介改变那一动不动姿势的，是方才背后传来的猛烈咳嗽声，让他吓了一跳。那是个陌生的年轻人，高个子且清瘦，这是他第一次听到这么严重的咳嗽声，让他想起了天快亮的时候妻子也经常会发出类似的咳嗽声。又过了几辆电车，突然间长长的中央线列车呼啸着飞驰而过。

圭介吃惊地抬起头，死死地盯着在自己眼前一节节通过的车厢。如果他能看清的话，他真想看清车厢里每个人的脸。他们几个小时后将穿过八岳山的南麓，只要想看就能从车窗里看到他妻子所在的疗养院的红色屋顶。

黑川圭介是个本性单纯的人，一旦认为妻子过得不幸福，只要目前这种让他产生这样想法的分居生活还持续着，他就不会轻易地改变这种心境。

探访疗养院回来一个多月了，他每天都在忙公司的事情，虽然迎来了似乎能让人忘记一切的持续秋高气爽的好天气，但探望菜穗子的情景还清晰地印在他的记忆里，好像才刚刚发生。在公司完成了一天的工作后，他疲惫地走入傍晚拥挤的人群中匆忙地回家时，他会不经意想起妻子已经不在家里了，然后突然间被大雨困在山中疗养院的事情、回来的火车上遭遇暴风雨的事情，全都毫无保留地一点一滴浮现了出来。他感到菜穗子一直在某个地方注视着他，甚至忽然觉得菜穗子的眼神就在那儿闪烁。他经常心里一惊便在电车中寻找着和菜穗子眼神相似的女人……

他一次也没有给妻子写过信，他这样的男人大概从不会想过要用这种方式来充实自己的内心吧。就算是有过这种想法，他也不是那种立马会去行动的男人。他知道母亲和菜穗子有时会有书信往来，但是从来不去过问。就算收到菜穗子用铅笔写得潦草的书信，他也没想过要打开看看写了什么。不过他似乎也会有点儿在意，有时会一直盯着那些东西看。那时候他的眼前就会恍恍惚惚出现妻子仰面躺在病床上，用铅笔抚摩着瘦削的脸庞，一副无精打采的样子，冥思苦想地在信上写着违心的话。

圭介没有跟任何人说过自己的苦闷。一天，他和一个可以推心置腹的同事出席了某前辈的送别会，忽然觉得那人应该靠得住，就把妻子的事情告诉了他。

“那可真是可怜啊！”陶然微醺的同事十分同情地听着他的陈述，然后好像忽然想起了什么，冒出一句，“不过，这样的老婆反而让人安心，也挺好的。”

一开始圭介不明白对方在说些什么。他突然想起来以前有传闻说这位同事的妻子品行不端，就没再跟他说妻子的事了。

同事说的那句话，让圭介整晚胸口好像被什么堵住了一样，那个晚上没怎么合眼，都在想着妻子的事情。对于他来说，妻子现在住的山间疗养院就好比是世界的尽头，对于无法理解何为“自然的慰藉”的他而言，疗养院四周的群山和森林还有高原都只会加深菜穗子的孤独，就像是把她和世界隔绝了的障碍。在那座近似天然的牢房里，菜穗子好像完全放弃了自己一样，一个人望着虚空，静静地等待着死亡的来临。

“这哪能让人安心！”圭介一个人躺在床上，黑暗中，突然间一股不知向何处发泄的无名火涌上心头。

圭介不知下了多少次决心要向母亲提出把菜穗子带回东京，但是一想到菜穗子离开后母亲那如释重负的开心样子，一想到母亲肯定会以菜穗子病情为由极力反对，他就觉得十分厌烦，也就不想说了——而且就算把菜穗子带回家，想到以前母亲和菜穗子的相处情况，圭介也不知道究竟可以为菜穗子的幸福做些什么。

最终，一切还是维持原样。

在秋末冬初的一天，圭介在荻窪出席一个友人葬礼归来的途中，在车站里等着电车，独自在洒满夕阳的站台上来来回回地走着。忽然间，中央线长长的火车带着一阵风在圭介的面前呼啸而过，卷起了站台上无数的树叶，漫天飞舞。圭介终于意识到那是去松本方向的列车。长长的列车驶过后，他依然站在漫天飞舞的落叶中，用心痛的目光望着火车离去的方向。他想象着几个小时后，这列火车就会进入信州，以同样的速度驶过菜穗子所在的疗养院附近。

圭介生来就不是那种会在街头徘徊、漫无目的地追寻意中人幻影的人，没想到那一刻，他却一瞬间全身清晰地感受到了妻子的存在。从那以后，每当下班早的时候，他就会特意坐上省际电车，从东京到荻窪去，在站台上等待傍晚去信州方向的列车。那辆傍晚的列车，总是会在他的脚边卷起无数落叶，漫天飞舞，然后瞬间呼啸而过。他用入迷的目光目送着一节节车厢，令他一整天感到窒息的东西此时一下子伴随着车厢离去。他能清晰地感觉到离去的过程，清晰到令他痛苦。

## 十五

山里持续着秋高气爽的天气。疗养院的周围，无论到哪儿都有充满阳光的斜坡。菜穗子每天必定一个人心情不错地到处走走，欣赏着野蔷薇火红的果实。温暖的午后，她会一直走到牧场那里，越过栅栏，悠闲地在草地上走着。她走到牧场中间那棵半枯的老树旁，能看到树上还残留着几片泛黄的树叶在阳光下闪闪发光。太阳快下山时，大树投在地上的影子，以及她自己的影子都眼看着越变越长。意识到已经晚了，她才从牧场回疗养院。现在她经常会忘记自己的病情以及孤独的自己。是的，这段时光是如此美丽和愉快，让人好像能忘却所有一般，是一生也体验不到几次的美好时光。

但是夜晚是寒冷孤独的。从山下村庄吹上来的风来到这仿佛是大地尽头的地方，风像是不知该往哪儿吹，在疗养院的四周不停地逡巡徘徊。不知是谁忘记了关窗，整晚上玻璃窗都吧嗒吧嗒作响。

一天，菜穗子从一位护士口中得知，这年春天执意要出院的那个年轻农林工程师的病情已经恶化到无药可治，再一次回到了疗养院。她想起年轻人离开医院时那看起来精神很好却又极度苍白的脸，他那毅然决然、生机勃勃的眼神胜过了前来送行的所有病人，曾深深地打动了她的心。一想到这点她就感觉无法置身事外。

冬天已经越来越近，但这几天仍持续着温暖的小阳春天气，让人感受不到季节的变迁。

## 十六

阿叶用了两个多月的时间在医院里给初枝做了彻底的检查，但是没有什么效果，似乎连医生都放弃了，只能再回到乡下。牡丹屋的年轻老板娘特意从 O 村赶来迎接她们。

请了两个月病假的都筑明在得知这个消息后，尽管喉咙上还敷着湿布，还是坚持送她们到了上野车站。初枝让车夫背着，在阿叶的陪同下进了车站，她看到都筑明的身影，脸颊比上次更红了。

“那么在此告辞了，您也保重身体——”阿叶道着别，看到都筑明病恹恹的样子反而担心地望着他。

“我没什么事的，说不定冬假的时候还会去玩呢，请你务必要等着我哦。”都筑明同阿叶与初枝约定，脸上露出了有些落寞的微笑，“那么……请多保重！”

火车很快驶出了车站。火车离开后的站台忽然间连冬天的日光也在无依无靠地飘浮着，只剩下都筑明一个人孤零零的，无论如何也开心不起来。他好像在思考接下来该怎么做一样无精打采地迈着步伐。他的心里在想着这样一件事——无论是阿叶还是初枝虽然最后被医生放弃了，不得不回到乡下，虽说脸上也有些落寞，但是丝毫没有对世界绝望的感觉。反而因为能早日回到 O 村而松了口气，甚至是一副欢欣雀跃、安心的样子。难道对这些人来说，自己的村子和家就那么好吗？

“但是，我这个一无所有的人该如何是好呢？最近我内心里的空虚到底又是从何而来呢？”阿叶她们并不知道他内心的空虚，但是和她们相遇后，都筑明觉得自己选择的那条无人追随、我行我素的道路上带来的不安在那段时间内得到了安宁，心里得到了抚慰。现在她们走了，身边没有人能再慰藉他的心了。想到这个他忽然间开始猛烈地咳嗽起来，为了止住咳嗽，他弓着背站了一会儿，等到终于直起腰来后，车站里已经人影稀疏。

“现在事务所里的工作就算不是我别人也能做，除去这份换成谁都能做的工作，我的生活里还剩下些什么？迄今为止，我发自内心想做的那些事又做了吗？至今好几次都想辞去现在的工作，想独立做些想做的事情，但每次话到嘴边，一看到对自己十分信赖的所长那善良的微笑，又总是说不出口了，只能这样不了了之。总是这样不好意思说出口的我到底会变成什么样子？不然我就以这次生病为借口再申请一次假期，一个人去哪儿旅行吧，等独自一个人的时候，好好想想自己真正想要什么，现在为何又如此绝望，这样就能找到问题的答案吗？自以为已经失去的东西，我是否有努力追求过呢？无论是菜穗子，还是早苗，抑或是刚刚离去的阿叶她们……”

都筑明一脸忧郁地继续思考着，在闪烁着冬日阳光的车站里，稍微弓着背走远了。

## 十七

八岳山已经能看到雪了，但是菜穗子在晴天依旧没有荒废秋天以来养成的散步习惯。

无论太阳怎么照耀着大地，毕竟是高原的冬天，还是没法把地面从昨夜的寒冷中唤醒。包裹着白色毛外套的菜穗子走在草地上，脚下传来冰冻的草断裂的声音。但她依然会走进那个已经看不到牛马踪迹的牧场里，站在能看见那棵一半已经枯萎的树的地方，任凭头发被寒风肆意吹乱。树梢上还残留着几片枯叶，像是冬日透明天空里唯一的亮点，它们在不停地颤抖，仿佛是由于自身的衰弱而无法停止。菜穗子看了一会儿树叶，深深地叹了一口气就回疗养院了。

进入十二月以后，每天都是阴沉又寒冷彻骨的日子。入冬以来，群山好几天都被雪云遮蔽，可是雪并没有下在山脚，因此气压变得很低，疗养院患者们的心情开始变得忧郁起来。菜穗子也没有了散步的精神。房门打开的病房凉飕飕的，她每天都窝在病房正中央的病床上，裹着毛毯只露出眼睛，脸被外面的冷空气冻得很痛。她有时会想起某个让人心情愉悦的小餐馆的气息，餐馆壁炉里会发出让人愉快的响声，从餐馆出来后漫步在后街撒满落叶的林荫道上的愉快心情，虽然不过是些普通的事情，但是却更能证明这种有意义的生活在自己身上还留有痕迹。有时候她又会觉得自己的前途虚无，没有任何东西可以让她期待。

“难道我的一生就要这样结束了？”她大吃一惊地想，“有没有谁能告诉我接下来该如何是好？还是就这样无可奈何地放弃一切呢？谁能来告诉我……”

一天，菜穗子正在漫无边际地胡思乱想，却被护士叫醒了。

“您有一位访客呢……”护士朝她投来微笑的目光，征求她的同意后，随后对门外说了声，“请进吧。”

门外忽然间传来一阵从未听过的猛烈咳嗽声，菜穗子心想“是谁呀”，不安地等待着。不久她认出了那个站在门口又高又瘦的青年。

“啊，小明。”菜穗子目光炯炯，迎接着这位意想不到的访客，神情中有几分自责。

都筑明站在门口，被这样的目光盯着显得很狼狈，拘谨地鞠了个躬。然后像是要避开对方的视线，在病房中睁大眼睛环顾着四周，在他打算脱下外套的时候又袭来了一阵猛烈的咳嗽。

菜穗子躺在床上，像是看下不去了一样说道：“天太冷了，你还是穿着外套比较好。”

被菜穗子这么一说，都筑明又老实地把脱了一半的外套穿上去了，脸上并没有微笑，朝着病床上的菜穗子看着，好像是在等着她的下一个指示一样站着。

她看着对面的人那一如往昔的老实敦厚的样子，有种喉咙为之揪紧的感觉。但是这几年间——尤其是在她结婚以后，音信全无的都筑明为何又在这个冬天跑到山间疗养院来探望自己了？在没弄清楚原因之前，都筑明那温和的样子实在是让自己感到焦躁不安。

“随便找个地方坐坐吧。”菜穗子躺着，终于开口说道，用冰冷的眼神瞧了瞧椅子，示意都筑明坐下。

“好。”都筑明偷偷看了眼她的侧脸，又马上把视线转移，坐在了靠近门边的皮革椅子上，“在旅途中听说你在这儿，忽然想见见你，就来了。”他一边说着一边用手心抚摸着自己的脸颊。

“你这是要去哪儿？”她还是老样子，有点儿不耐烦地问。

“也没什么特别的地方……”都筑明用一种像是自问自答的语气含含糊糊地说。

随即他像是下定决心一样，睁大了自己的眼睛朝着对方用平静的语气说："就是突然间想来一次冬日旅行。"

菜穗子听后，脸上突然间浮现了一种苦笑。这是她从少女时代就有的习惯，每当都筑明露出那少年特有的爱做梦的态度和话的时候她就会有这种表情，她就喜欢用这种态度来奚落对方。

菜穗子发现到现在自己居然还会浮现出少女时代的表情，好像不知不觉以前的那个自己又回来了，心情有点儿莫名的激动，但也就只有一瞬间。都筑明又像刚才那样剧烈咳嗽起来，她不由得皱起了眉头。

"都咳嗽得这么厉害了，这人还这么乱来，居然还想来场无关紧要的旅行……"虽说是别人的事情，菜穗子还是忍不住这么想。

之后，她又恢复之前那种冷冰冰的眼神，说："你是不是感冒了？如果那样的话，在这么冷的天出来旅行能行吗？"

"没事的。"都筑明有些心不在焉地答道，"就是喉咙有点儿不舒服而已，去有雪的地方说不定就会好点儿。"

那时的他心里其实在想着其他的事情——"我明明没

想过要来见菜穗子，为什么刚刚在火车里念头一闪就会立马在意起来，还来到这个地方只为看一下多年不见的菜穗子呢？我明明一点儿都不想知道现在的菜穗子是什么样子，是完全变了一个人还是跟原来一样。只是，只有那么一瞬间，我想再像以前一样站在她的面前互相用愤怒的眼神注视着对方，然后我就回去。但是，一见到她，我又像过去一样，她越是无情地对待我，我就越是想让对方使劲蹂躏我的伤口。没错，既然我已达到了最初的目的了，还是早些回去好……”

都筑明这样想着，忽地起身，看着菜穗子躺着的侧颜，忸怩地出去了。但是，他怎么也说不出告辞的话，只好稍微咳嗽了一下，这次是干咳。

“雪还没下啊？”都筑明向菜穗子投去像是要寻求认同的目光，走到了阳台上。他驻步在半开的门前，看上去好像很冷，眺望着远处的群山和森林，不一会儿又朝着她的方向说，“下雪的时候这一片肯定很美吧？我还以为这片已经下雪了呢……”

接着他好像终于下定决心一样走到了阳台上，手扶着栏杆，弓着背从那里热切地注视着远方一览无遗的山和森林。

“这人还是老样子啊。”菜穗子想，她凝视着都筑明的背影。

都筑明站在阳台上一直保持同一个姿势朝着同样的地方望去，菜穗子好像什么事也没有似的想着：小明以前就这样，虽然看起来很腼腆，好像很软弱一样，却也有强硬的一面，一动真格就会变得十分固执，自己想做的事情无论如何都要做到。她有时候也会对他束手无策。

这时候都筑明从阳台上不经意地朝她回头，发现菜穗子正朝着他微笑，他一脸明亮的表情，手离开栏杆走进了病房。

菜穗子对着都筑明随口说道：“小明你可真是让我羡慕呀，一点儿都没变呢……不过女人就要无聊得多了，结婚以后很快就变了。”

“你也变了吗？”都筑明有些意外，忽然停下了脚步反问道。

菜穗子被这么直白地一问，脸上浮现出半是敷衍半是自嘲的笑容：“你觉得呢？”

“这个嘛……”他用十分为难的目光看着她，支支吾吾地说，“这该怎么说呢……”

嘴上是这么说，但是他心里想着这人果然是没人理解她，一定不幸福吧。他并不打算询问菜穗子结婚后发生了什么事情，而且这些事她也不会跟自己倾诉的，但他总觉得菜穗子的事情自己现在都能理解。曾经有段时期，都筑明怎么也无法理解她所做的决定，不过现在就算听到菜穗子经历过多么曲折的路，他觉得自己都能理解。

“这个人是不是正因没人理解她而痛苦呢？”都筑明继续想着，“即使是菜穗子，以前总是嫌弃我爱做梦的她，果然也有自己的梦想呀，就像我喜欢的菜穗子的母亲一样……她这么要强的人，肯定是把梦埋藏在了自己的心底，一直都没有被人发现，甚至她自己都没有发现……可是，那又是一个怎样让人想象不到的梦呢？……”

都筑明把这些想法隐藏在目光里，呆呆地盯着菜穗子的上方。

这时的她一直闭着眼，沉浸在自己的思绪里，时不时在她的脖颈上会浮现出一阵痉挛。

都筑明忽然想起来在荻窪车站不经意看到的很像菜穗子丈夫的人。本想在离开前跟菜穗子提一下，不过转念又想还是不说为好，就没提起。他觉得必须回去了，便朝病床走近了两三步，有点儿忸怩地在一旁站着说：

“我得……”说到这儿就不说下去了。

菜穗子还是跟刚才一样闭着双眼，好像在等着对方继续说下去，但是对方没继续说，她才睁开眼看着他，终于明白对方是准备要回去了。

“就走了吗？”菜穗子有点儿吃惊地看着他，觉得这样的告别有点儿扫兴，但也没多做挽留，倒是带着一点儿解脱的感觉跟对方说道，“几点的火车？”

“不知道，没留意呢。不过，这次的旅行嘛，几点上车都不要紧。”都筑明一边说着，一边像来时一样正经地鞠了个躬，“你要保重啊……”

菜穗子看着他鞠躬的样子，突然间敏锐地察觉到，都筑明从出现在她面前的那一刻开始，自己的感情就经过某种伪装。就像是有些懊悔，她用一种前所未有的温柔语气说了最后的告别：

“你也是啊，不要硬撑。”

“嗯……”都筑明精神抖擞地回应，最后一次用他那双大眼睛注视了她一会儿，然后走出了病房。

不一会儿，门外面再一次传来了都筑明猛烈的咳嗽声，感觉像是越走越远了。现在只剩下菜穗子一个人了，她清晰地感受到刚刚内心渗出的懊悔。

## 十八

那个孤独的旅人就像是掠过冬季的飞鸟的影子，在自己面前匆匆飞过后就消失不见了……那不安的身影随着时间的堆积在菜穗子身上烙下越来越深的伤痕。自从那天都筑明回去后，她就感觉到一直有种类似后悔的感觉，起初她以为这不过是对都筑明伪装了自己情感的某种模糊的感觉。他在自己面前的时候，自己自始至终都是焦躁不安的。她觉得也许都筑明还是跟少年时代一样，总是愿意把自己的伤口推给她，强压在她的心头，所以她才会如此焦躁不安——那种情绪给她造成了更大的困扰。一定要说的话，现在她虽然也不算幸福，但也算是有了一个平静的地方，能安稳地过着日子，但她隐约地感到有什么东西正在威胁着她过这样的日子。都筑明拖着比她承受过更多痛苦的身躯，像是一只羽翼受伤却还想要翱翔的小鸟，即使是在生命的最后一刻也想奋力一搏。如果是以前，她也许只会对他皱起眉头，但在这次短暂相逢的时间里，她多次感受到了他的真挚，这种对她现在这种近似绝望的生活的真挚，但是无论是对眼前的都筑明还是自己，她都不想痛快地承认这一点。

两三天后，菜穗子第一次向自己坦白了这种欺瞒。为什么要对他那么冷漠呢？人家毕竟特意在旅途中过来看自己，但自己非但没有说任何由衷感谢的话反而就这么打发他走了。自己那天的表现实在是太不成熟了——虽然现在这么想，但她其实还考虑到如果自己那个时候坦率地向都筑明低下了头，万一有朝一日再次相逢，那得是多糟糕的回忆啊。想到这儿她不由得松了一口气。

也就是从这个时候开始，菜穗子开始意识到如今这个孤独的自己是多么的凄惨，她开始思考如何解决这个迫切的问题。她的脑海慢慢地浮现起自己的惨状，像是病人为了弄清自己衰弱的身体一样小心翼翼地用手温柔地抚摸着消瘦的脸颊。对她而言，除了还算开心的少女时代，其后在她的精神世界里没发生过能跟她的母亲一样仅凭一段回忆就足以充实地度过下半生的事情。以现在的样子来说，将来也不会发生什么值得自己期待的事情。说起现在的话，似乎还离幸福太遥远，但也不能说是比世间的大多数人都不幸。只是在这孤独的深处，她的内心得到了一种平静，但却不得不在这凄惨的冬日里忍受着山里无聊的生活，与之相比，这得到的回报实在少得可怜。尤其是在都筑明面前，虽然他对前途充满不安，也几乎是走到了自己生命的极限，但是仍有突破梦想边界的真挚，这让菜穗子感觉到自己如今的生活是多么虚伪。即便如此，她还要说服自己期待今后的生活，说服自己就这样过着碌碌无为的平庸日子。还是说在将来真的会有能让自己重新振作、审视自己的事情发生呢……

菜穗子的思考总是这样，先是直面自己的悲惨，然后一遍又一遍徒劳地在原地踌躇。

## 十九

以前菜穗子每次收到圭介母亲寄来的厚厚的书信，就会把它扔到枕头底下去，不会立刻打开，即便打开她的内心也是充满厌恶的。她也只能克制自己满满的厌恶，苦想着那些言不由衷的话给婆婆回信。

临近冬天，菜穗子感觉婆婆的来信中渐渐多了一些不同以往的空洞的话，她不用像以前那样皱着眉头读这些来信了。但还是老样子，每次看到婆婆的来信就会一副很麻烦的样子不会立马拆开，很长时间都放在枕边，可这次的信一旦拿起来却怎么也放不下了。她没有深入思考过为何这次的信没有像之前那样让她不愉快，但她也必须承认通过这段时间每一封信里婆婆歪歪扭扭的字迹，她都能清楚地感受到圭介消沉的模样。

在都筑明造访的数天后，一个有积雪云的傍晚，菜穗子同往常一样收到了婆婆装在灰色信封里的来信，她还是像往常一样嫌麻烦没立即打开。过了一会儿后她又突然想会不会是发生了什么事呢，于是又急忙拆开信封。

但是信里的内容还是一成不变的老话题，没有出现过她之前设想的圭介突然病危之类的事情。她似乎有些失望。信上的字有的地方很难看懂，她刚刚直接跳过去了，于是现在她又从头仔细看了一遍。接着她闭上了双眼，像是在沉思什么，回过神来已经是傍晚测量体温的时间了。在确认还是老样子三十七点二摄氏度以后她就躺在床上，拿出纸和笔给婆婆回信，但实在不知写些什么——“这里现在实在冷得不像话，但是疗养院的医生们都说，只要我挨过了这个冬天，就能完全康复回家，看样子我还是不能如母亲所说马上回家了。不仅是母亲，想必圭介也……”写完这个开头，她便用铅笔的一端摩挲着自己消瘦的脸庞，想象着丈夫各种消沉的样子。以前，每当她用这种眼神盯着丈夫看，丈夫就会立马把头扭过去。而现在，她那专注的目光也不知不觉地投向了丈夫各种各样的形象中。

“能不能别再用那种眼神看着我了。”他终于再也无法忍受，向她说出了那句话，在那个暴雨的日子里，丈夫不安的样子忽然间取代了他其他各种形象占据了她的心。她闭上了眼，就像是在那个暴风雨的日子里一样露出了些许令人恐惧的微笑。

天气一日复一日都是持续阴沉沉的。有时候风会从山里吹来雪花一样的白色东西，翩翩飞舞，病人们互相谈论着终于要下雪了，可接下来天依旧阴沉沉的，寒冷入骨。想必在这样阴沉沉的冬日的天空下，都筑明这时候正拖着憔悴的身躯从一个陌生的山村走向另一个山村吧。恐怕他所追求的东西还是没有得到（其实她也不清楚他到底在追求什么），他该是拖着多么绝望的步伐啊！菜穗子想着都筑明那着魔的背影，越发觉得自己也该做些人生的决定了，同时她也发自内心地为她这个儿时的玩伴担忧。

“我好像没有跟小明一样有什么事是非做不可的。”每当那时候，菜穗子都会这么痛切地想，“是因为我已经是个已婚妇女了吗？还是说我只能跟其他已婚妇女一样在没有自我的生活中过活呢？……”

## 二十

某个傍晚，从信州深处开出的列车载着已是半个病人的都筑明缓缓地开往上州边境附近的 O 村。

一整周阴郁的冬日旅行让都筑明筋疲力尽，他不光猛烈地咳嗽，似乎还发着高烧。

都筑明闭着双眼十分疲惫地靠在车窗旁，有时候他会抬起脸朝窗外望去，他隐隐约约地感觉到那令他怀念的落叶松和栎树林似乎渐渐多了起来。

为了能好好地思考自己今后的人生，都筑明好不容易才有了一个月的假期来进行这场冬日旅行，如果假期就这样虚度的话他实在不能接受，那样的话和他所预期的实在相差太远。因此他决定先到O村休养，等恢复健康了再重新上路，继续这场将决定自己一生的旅行。早苗结婚后，就跟随丈夫调职到松本去了，应该已经不在这个村子里了。虽然多少让都筑明有些落寞，但反而能让他安心地将病体托付给这个村子。而且，现在能像亲人一样照顾他的人也就只有牡丹屋的人们了……

火车在一片又一片幽深的森林里穿梭，从无数棵落尽叶子的落叶松中，他能看到像是镶嵌在这灰色天空中的白雪皑皑的浅间山，山里慢慢喷吐出的火山烟雾被风撕扯着。

从刚才开始，火车的汽锅炉就开始急促地喘息，都筑明知道终于要到O村车站了。O村的房子、田地和树林都在山脚下倾斜着，蒸汽锅炉的喘气声嘎嗒嘎嗒地震动着都筑明忽然间变得滚烫的身体。今年从春天到夏天，一到黄昏时分他就能听到从林子里发出的这种喘气声，让他感叹这辆列车又要通过村里的车站了。现在的声音正是令他印象深刻与怀念的锅炉声。

火车终于到了山谷背阴处的那个小车站，都筑明拼命忍耐着咳嗽，竖起外套的衣领走了下去。除了他以外还有五六个当地人也下了车。下车的时候身体摇摇晃晃的，他觉得是为了开门暂时把小小的手提包换成了左手提的缘故，所以他特意又冷漠地换成了右手提。出了检票口，他头顶上的电灯忽然亮了，他看到候车室里脏脏的玻璃窗户上映着自己没有气色的脸，仿佛被什么东西吞噬而消失了。

这时候白天很短，一到五点天就开始暗了。山里的车站没有公交车也没有其他交通工具，他只好自己拎着小小的提包，迈出艰难的步伐，爬坡去通往O村的那片森林。他休息了好几次，在傍晚寒风刺骨的空气中，他觉得自己浑身被恶寒侵袭，又立马变得像火一样滚烫，这让他感到整个人都是虚空而麻木的。

快到森林了，在靠近森林的地方依旧有户破旧的农家，门前蹲着一条脏兮兮的狗。这让都筑明自然地想起以前他和菜穗子骑自行车远游归来的时候，总有一只黑狗会朝着车轮扑上来，把菜穗子吓得大喊大叫，不过眼前这条狗不一样，是棕色的。

森林里还算亮，只是树叶已经尽数落光了。对他来说，这片森林里有着他的很多回忆。少年时代，穿过炎热的原野，骑着自行车来到这片森林，就会有一阵舒爽的冷空气掠过火热的脸颊，都筑明此刻还反射性地用空着的手摸了摸脸颊。在黄昏里无边的寒冷、自己急促的喘息及灼烧的脸颊这种种异样的包围下，弯着背没有精神走着的自己和当年双颊发热气喘吁吁的骑车少年，此刻在这种奇妙的情景下交错辉映。

森林中间的道路一分为二，一条路是笔直通往村子里的，另一条路是通往以前菜穗子避暑的别墅的。后面那条路长满了深深的杂草，从此处缓缓下坡延伸到别墅的内侧，每次走进这条小路，菜穗子都头戴草帽，洁白的牙齿闪闪发光，骑着车朝跟在身后的都筑明喊道：“你看着！看啊，我两只手都放开骑了哦！……”

少年时代的记忆意想不到地忽然袭来，他把手中的小提包扔到道路一边，耸起肩膀痛苦地喘息了好一阵子，这段回忆让疲惫不堪的都筑明有了些许活力。“为什么我一来到这个村子就会想起那些早已忘却的往事了呢，记忆还是那么栩栩如生。我总觉得还会不断地想起很多往事，难不成是因为发烧，所以才变得这么奇怪？”

森林里已经完全暗了下来。都筑明再一次弯着腰捡起了小提包，怀着阴郁的心情半昏半醒地艰难步行。他偶然抬头望了望树梢，树梢上还很明亮。高大的桦树枯枝交缠在一起，在微亮的天空中编织成了一张细密的网，让他不经意间想起一段往事。他也不知道为什么，那就像是一段不属于这世间的优美歌曲，暂时性地给了他一瞬的安慰。他用陶醉的目光望了一会儿那树枝的网，再一次弯腰迈开步伐的时候已经自然地把它遗忘了。但是即使他不去想，那段记忆也一如既往地慰藉着气喘吁吁、艰难步行的他。“我要是就这么死去的话，估计也能死得很开心了。”他忽然这样想着，“但是，我必须活下去！”他像是自我安慰一样自言自语，“我为什么要这样活下去呢？为什么要这么孤独空虚地活下去呢？”好像有什么声音在质问他，“如果这就是我的宿命的话，我也无可奈何。”他近乎天真地回答，“我自己都不明白自己到底在追求些什么，不知不觉中，我好像看到了自己一无所有。我仿佛是在害怕看到那个空无一物的自己，就像是黄昏中一只朝着黑暗飞去的蝙蝠，执着地踏上这场冬季之旅的我到底在追求些什么？以前的旅途中，我只是一直在确认一些我已经失去的东西。只要认清承受这种失去是我的宿命的话，我就能竭尽全力地承受下来了——啊，就算是这样，现在身体里的冷热交织实在是我所不能承受的啊！”

终于走出了森林，眼前是一大片干枯的桑树林，再往前走就是坐落在火山脚下的倾斜的村庄了。家家户户正飘着晚饭的炊烟。他能看到阿叶家也冒起了一缕炊烟。都筑明松了一口气，暂时忘记了自己身体的异常，静静地眺望着夜色。他忽然想起年幼时去世的母亲的面容，那是一张苍老的面孔。

直到现在，都筑明才发现，刚刚森林里桦树所交织的网只是悄悄地显出了一个影子的轮廓就消失了，那是早已消失在自己记忆里的母亲的脸。

## 二十一

都筑明把自己连日来因旅途舟车劳顿而疲惫不堪的身体托付给了牡丹屋后，也许是心情放松下来的缘故，他就这么一直卧床不起了。因为村子里没有医生，牡丹屋的人们提议要从小诸市请个医生来看看，但是都筑明想用自己仅存的一点儿力气与病痛做斗争，断然拒绝了人们的好意。后来，他倒也忍住了折磨人的发热，似乎深信这状况对自己来说没什么大不了的。阿叶他们觉得，不能打击他这份精气神，只能加倍用心地照顾他。

都筑明在发热中，闭着眼睛昏昏欲睡，无比怀念地回想起自己在旅途中的种种经历：在某个村子里，他曾经被好几条狗追着逃跑；另外一个村子里，他看过一帮烧炭的人；又或者是在某个日落时分，他闻着呛人的烟味寻找着栖身的旅馆；有一次，他一次次回头看着一个年老的女人背着孩子呆呆地站在门口哭泣；又或者是某一刻，他看到微弱的阳光打在村子的白墙上，眷恋地看着自己的身影从白墙上划过——那一个个十分空虚的身影忽然都一一浮现在他的眼前，久久地徘徊……

每到傍晚时分，他就听着前几天把他送到这个村庄的火车，气喘吁吁地爬着斜坡，逐渐靠近车站的时候发出一阵清晰又令他痛苦的声音。锅炉的声音把徘徊在眼前的那些过去的自己驱散得一干二净，然后只剩了两个身影，一个是他黄昏时分刚下火车向着村子前行的疲惫身影，接着是到森林中时，不知从哪儿听到了一段温柔的歌声一样让他暂时沉醉于盯着自己上方的桦树枝条细网的自己——走出森林的瞬间，他的眼前浮现起年幼时死去的母亲的面容时，随之而来的是一种难以言语的心悸。

这几天都是年轻的老板娘在照顾都筑明，如果老板娘忙不过来的话，阿叶也会趁着看护女儿的间隙来给他送药。都筑明看到阿叶那张有点儿苍老的面容，不由得对这个已经年过四十的女人产生了一种前所未有的亲切感。阿叶坐在他身旁的时候，他有时会觉得，已经消失在记忆里的母亲的温柔面容又出现在了那张树枝织成的网中。

“初枝最近怎么样了？”他很少说话，偶尔开口问阿叶。

“还是老样子，很麻烦啊。”阿叶落寞地笑着回答。

“毕竟都已经快八年了。之前带她去东京看病的时候，看到她的身体居然能支撑到现在，所有人都觉得不可思议。我倒觉得还是这里的水土和气候好的缘故。小明你也要在这儿好好调理身体，早点儿好起来呀，大家每天都在为你祈祷着。”

“是啊，如果我能活下去的话……”都筑明好像是在自言自语，向阿叶露出了寻求认同的温和微笑。

在旅途中让都筑明无比盼望的雪，终于在十二月中旬后的某个傍晚下了起来。等雪下到第二天早上，整个森林、农田，还有农家都被白雪所覆盖了，大雪还是猛烈地继续下着。都筑明觉得事到如今，对他来说下不下雪也无所谓了，他只是偶尔坐在床上，透过玻璃窗，面无表情地眺望着后院里被雪覆盖的农田和远处的杂树林。

接近傍晚的时候雪停了会儿，天空布满着积雪云。风徐徐吹过，枝头堆积的白雪扬起一片飞雪散落一地。都筑明听到外面的风声后，终究还是没忍住，又从床上起来望向了窗外。他专注地观望着，房子后面的一片田被大雪覆盖，风吹过的雪不停地晃动。一开始，地面上忽然扬起了一阵雪烟，伴随着风像一团冰冷的火焰四处游走，之后随风消逝，在雪地上留下了一层竖起的雪绒。风又吹了过来，新的雪烟像是冰冷的火焰一样再度扬起四处游走，抹去之前留下的雪绒，又重新留下了跟刚刚几乎一样的雪绒。

“我的一生就像是那冰冷的火焰——我所走过的路，总会留下些什么，虽然风一吹就消失得无影无踪，不过在我的痕迹上又留有着一些跟我相似的人留下的痕迹。命运就是这样不断从一处传承到另一处，周而复始，不断循环……”

都筑明沉浸在这样的思绪中，凝望着外面明亮的雪，没有注意到屋里已经渐渐地暗了下来。

## 二十二

雪继续猛烈地下着。

菜穗子再也无法忍受下去了，她穿上了鞋，每当被其他病人或者护士看到的时候就会立马回到自己的病房。终于在谁也没发现的情况下她沿着阳台走到了疗养院的后门，溜出去了。

穿过了杂树林，菜穗子朝着后街车站方向走去。雪迎面吹来，为了躲雪，她时不时就得弯着身子。一开始，她只是想冒着大雪出来走走，等穿过后街，再过半公里的距离，到了车站附近之后她就马上回来。但是想着今早圭介母亲来信说她得了感冒，已经在床上躺了一星期，想想还是去邮筒那儿把回信投进去吧，就把信放进了外套口袋里带了出来。

刚在后街上走了一百来米，和一个撑着伞的女人不期而遇，两人擦肩而过的时候，那年轻女人忽然问道：

“这不是黑川夫人吗？您这是要去哪儿呀？”

菜穗子惊讶地回头看，那个人用围巾把脸裹得严严实实，打扮十分像本地人，想起来了，她是负责菜穗子那栋病房的护士。

“稍微出去一下……”她不好意思地笑着抬头，但是被呼啸的风雪吹得不得不重新低下头。

“那您可要快去快回呀。”对方不放心地叮嘱。

菜穗子低着头，默默地点了下头。

之后菜穗了迎着风雪又走了一百米，终于到了铁路口的时候，菜穗子真想就这么回疗养院好了。她停下脚步，用戴着粗毛线织的大网眼手套的手拂去了头上的雪，忽然想起来刚刚遇见的那个直爽的护士，对方虽然看到了自己的行为但是并没有多说什么。想到护士像个俄罗斯女人一样用围巾把头包裹着，菜穗子便学起她来也用围巾把自己脑袋严严实实地裹了起来。她想着幸好是遇到了那个护士，再次迎着风雪朝着停车场的方向走去。

朝北的车站一侧被风雪猛烈吹打着，那一片都是雪白的，就连停在建筑物阴影中的破旧汽车也是只有一侧埋在雪里。

菜穗子想着在车站暂且休息一会儿，发现自己不知不觉也被白雪染白了半边，便在房子外面仔细地掸了掸身上的雪。她解下脸上的围巾若无其事地走了进去，围着小暖炉的乘客们齐齐地看着菜穗子，然后像是躲避她一样离开了屋子。这让她不由得眉头紧皱，把脸侧了过去。但她不知道，那些人的行为只是因为当时刚好有一趟南下的列车进站了而已。

那辆列车也一样只有一侧被风雪吹打。车上下来了十五六个人，看了一眼站在门口的菜穗子就相互交谈着走了出去。

“听说东京的雪下得也可大了。”不知是谁开口说到这事。

菜穗子只有这一句听得清清楚楚。她想着原来东京现在也下着这么大的雪，一边呆呆地望着车站外被雪埋着动弹不得的破旧汽车。过了一会儿，她的气息平缓下来，心想差不多该回去了，她环顾了下站内四周，不知何时暖炉的周围又聚集了一群人。其中大部分看起来像本地人，很少说话，时不时有点儿在意地朝她站的门口方向望上一眼。

在两三站外，刚才那辆擦肩而过的北上列车也终于到了这个车站。

她忽然间想象着北上列车的一边也是被白雪覆盖的样子，然后忽然想到，都筑明是不是此刻正在某个村庄，带着半身的积雪在意气风发地走着呢？从刚才开始，她就把快冻僵的手放进大衣口袋里取暖，她凭着自身的感觉在口袋里摸索着还没寄出的信和皮夹。

刚刚还围在暖炉前取暖的十几个人又再次离开了房间。菜穗子看到后，忽然间靠近售票口，掏出钱朝窗口弯下腰。

“去哪儿？”窗口中传来冷淡的声音。

“新宿。”菜穗子急切地回答。

一辆如同她所想象的——被白雪覆盖了一半的火车停在了她面前，菜穗子仿佛被一股看不见的巨大力量推上了车，朝着台阶迈开了步伐。

她走进三等座车厢，里面的乘客看着她外套被白雪覆盖的奇怪样子都毫无顾忌地齐齐地朝她盯着看。她皱着眉想“肯定是我表情太过严肃的缘故”，然后坐在了一位身穿铁路局制服、靠近门口在打瞌睡的老人旁边，火车驶入积雪厚到已经分不清山和森林的高原中央地带时，大家像是早已经忘记了她的存在一样，看都不看她一眼。

菜穗子终于恢复了平静，思考着自己接下来要做的事情。这时她才注意到，原来在她身上一直飘散着的消毒水和甲酚的味道，已经在不知不觉中被车厢内飘浮着的人的热气和烟草味所取代，这忽然让她的胸口感到一阵窒息。对她来说，这种气息正是重返那种令人怀念的生活的气息。想到这儿，她竟也就忘却了胸口的烦闷，取而代之的是一股奇怪的颤抖。

窗外的风雪越来越猛烈，只能隐隐约约看到近处的树木和农家，但她还是猜到了火车现在大概在哪儿。在那隔着几百米的不远处，是那座没有什么人气的荒凉牧场，在那里有着一棵跟自己很相似的枯树。她在心中想象着那棵树一半被白雪覆盖、孤零零地伫立在风雪中的悲惨身影。这让她忽然间有点儿不安。

“我为什么没想着要冒雪去看那棵树呢？要是我去那儿的话我现在就不会坐上这趟车了……”车厢内飘浮的气味依然让菜穗子胸口发闷，“疗养院现在不知道乱成什么样子了，到了东京大家也会大吃一惊吧。不知道我会被怎么样呢？现在想回去还能回去，可我怎么感觉有点儿害怕了……”

想着那些事的时候，菜穗子盼着火车能早点儿离开边境。等到火车终于穿过白雪皑皑的高原时，她怀着既恐惧又急切的心情眺望着高原尽头最后一片没什么印象的树林，渐行渐远……

## 二十三

东京的雪也下得很大。

菜穗子坐在银座一家叫德国烘焙的面包房角落里等了圭介快一个小时，但是她一点儿也不觉得难熬，一闻到某种东西的香气她就会眯起双眼深深呼吸。这是好不容易回到自己身上的生的气息。她透过蒙着雾气的玻璃窗，看着在风雪中匆忙来往的人群，如果圭介在这儿，那他肯定会说“别用那种眼神看着我”。

她的眼神是如此专注。

估计是由于大雪的缘故，虽然才刚刚傍晚，但是店里面除了她只有稀稀疏疏的三四桌客人。一个看上去很像是画家的年轻人，把脚耷拉在暖炉上，似乎有些在意菜穗子，时不时朝她的方向回头看一眼。

菜穗子也注意到了，开始研究起自己现在的样子——长时间没洗的干枯头发、突出的颧骨、稍微有些大的鼻子、没有血色的双唇——不过这些东西似乎也并没有影响她的美貌。在她还年轻的时候，长辈们就经常说她要是少一点儿严肃就好了，真是可惜了这副美貌，而她现在的样子不过是在原有的样子上增添了些许忧郁。在山里的小车站里她一副城里人的打扮很引人注目，但是现在，站在都市里的她和别人并没有什么两样。只是从山中疗养院原封不动带回来的苍白，显得她跟其他人有些不一样，这一点她无可奈何，于是不时会用手扶着脸颊来掩饰。

突然间菜穗子感到好像有谁站在她面前，她吃惊地抬起头。

圭介的外套虽然好像掸过了，但上面还挂着一层雪，站在那儿低头看着菜穗子。

菜穗子露出淡淡的微笑，没有点头，身子朝着圭介。

圭介好像不开心地坐在她面前，沉默了一阵子。

“突然间从新宿车站打电话说你回来了，把我吓了一跳，你到底发生什么事了？”

菜穗子脸上还是之前一样的微笑，没有立马回答。在她的内心，因为今早冒着呼啸的风雪从疗养院溜出来的小小冒险、在白雪皑皑的车站突然的决心、在三等座车厢中充满生的气息，都在一瞬间给了她不可思议的一个震撼——她一一回想起这些，觉得她无法向其他人解释这仿佛着了魔的行为到底为何。

她瞪着大眼睛一直盯着丈夫，好像是要用这代替她的答复。她似乎希望即使自己什么也不说，对方也能够理解自己。

对于圭介而言，妻子这种充满特点的眼神正是他在孤独日子里所追求的东西。但是现在真的得到了，他生来的懦弱又使他自然地移开了自己的视线。

“母亲生病了。”圭介把眼神一挪开，终于吐出来一句话，“你还是别给我添乱了。”

“是啊，是我不好。”菜穗子发现自己可能误解了什么，深深地叹了口气，说出对她来说意外又直接的话。

“我现在就回去……”

“现在回去？这么大的雪回得去吗？今晚先在哪里住

一宿，明天再回去吧？——但是大森的家估计不行啊，毕竟是在妈妈眼前……”

圭介一个人焦躁不安地好像在考虑些什么，他忽然抬起头，小声说：

“你一个人能住旅馆吗？我知道麻布[①]有一家很舒服的小旅馆……”

菜穗子本来很热情地把脸凑近了丈夫，但是听到这句话以后又迅速缩了回去。

“我都可以……”她好像没什么兴趣一样回答道。

她本来是下了很大决心才来到这儿的，但是现在真的面对丈夫说起话来，她反而不知道当初为何要冒着风雪从疗养院溜出来了。她甚至打算赌上自己的一生，费这么大力气特意回到丈夫面前，想看看丈夫见到自己后的表情，可是不知不觉，感觉两个人又像以前一样冷漠。早已习惯如此的夫妇，所有的事情变得稀里糊涂的。人类的习惯，

① 东京地名。

还真是带有欺骗性的东西。

菜穗子这么想着，表面看起来一副无所谓的样子，又向丈夫投去那空洞的目光，她好像是在凝视着什么，但其实什么也没看。

这让圭介似乎有些进退两难，一直用他那双小眼睛盯着菜穗子。接着，他突然间脸红了，他所说的在麻布的小旅馆实际上是他之前和一位同事偶然间经过才知道的，对方曾半开玩笑地说你可要好好记住这个地方呀，这地方总是人很少，最适合幽会了。他也不知为何，突然间想起了这事。

菜穗子不明白他为什么会脸红。但是她看到圭介那样子，忽然间开始明白为什么自己会有这种不同寻常的举动，想要莽莽撞撞地跑来见丈夫了。

可是这时丈夫催促她，使菜穗子不得不中断了思考，从桌边起身。然后她又一次恋恋不舍地环顾着这飘着香气的店铺，随着丈夫走出去了。

雪仍然下个不停。

街上的人们各自穿了不同的防雪装束，顶着大雪匆忙地赶路。菜穗子就像山里人一样用围巾把脸裹得严严实实，没有在意给她撑着伞的圭介，一下子走入了人群。

他们在数寄屋桥[1]上穿过了人群，好不容易打到一辆出租车，朝着麻布深处的旅馆开去。

在虎门那拐了弯，又突然间开上了一段陡坡，在陡坡的半途中看到一辆汽车卡在了路边的沟里，在路边抛锚了，被雪覆盖着。菜穗子感到当时在车站里突然间决心要来东京的状态全都涌现了出来，比以往任何时候都要清晰。她在那时候心底里毅然决定要把自己完全交付给某样东西，虽然自己也不知道那东西究竟是什么，但觉得不毫无保留地豁出去的话可能永远也不会知道了——她忽然间觉得那时候想把自己托付出去的就是此刻和自己并肩行走的圭介，但是那个人又不是原来那个圭介，而是其他的什么人

① 以前在东京银座附近的一座桥，如今已经拆除。

一样……

他们好像到了一个领事馆一样的房子前，混着几个外国小孩，几个少男少女分成了两组打雪仗。两人乘坐的出租车徐徐前行，快要过去的时候，不知道是哪个孩子投来的雪球猛地击中了圭介那边的玻璃窗，雪球四处飞溅。圭介本能地用手挡住了脸，生气地朝孩子们望去。当他看到孩子们陶醉于扔雪球什么也没发现的时候，忽然间一个人笑了起来，好像很感兴趣似的一直回头看孩子。

“这人这么喜欢小孩子吗？”菜穗子坐在一旁，对现在的圭介生出了些许好感，第一次开始留心丈夫性格中的另一面。

过了一会儿，汽车在路上转了个弯，突然间到了人迹稀少、树木繁多的小胡同。

“就是这里了。”圭介性急地起身朝司机说。

菜穗子立马就看到胡同对面的小洋房，几棵被雪覆盖的棕榈树把小洋房和马路隔了开来，心想应该就是这儿了。

## 二十四

“菜穗子，今天为何这么急着回来呢？”

圭介朝菜穗子问道，才发现自己同样的事情问了第二遍，然后才想起刚才问这事的时候，菜穗子对此只是露出了淡淡的微笑，安静地看着自己好像在思考些什么事。

圭介害怕又是等来跟上次一样无言的回复，立马接着说：“是在疗养院有什么不开心的事情吗？”

他发现菜穗子在犹豫，并不知道她是在为不知道该如何解释而烦恼。他害怕菜穗子犹豫的背后有着让自己更不安的原因，与此同时，又有种想追根究底的想法。无论如何他也想现在弄明白，不管结果是否可能会让自己陷入何等的不安。

“这事，你应该是经过深思熟虑了吧……”他再次追问。

菜穗子一时词穷，透过旅馆朝北的窗户，她看见一栋栋小房子挤满了浅浅的山谷。雪好像把山谷里的小镇掩埋了一样，她看着雪白的山谷，一座教堂尖尖的屋顶就像是幻觉一样在雪里若隐若现。

菜穗子想，如果换成自己站在对方的立场上，也会像圭介一样想要把这占据内心的疑问解决掉吧？感觉他终于在认真思考这个问题了，这才像是圭介的风格啊，她想拉丈夫一把，让丈夫更加靠近自己的内心。她闭着眼，又一次思考着能不能用丈夫能明白的话来解释自己的行为。她的思考在性急的对方看来却是不变的沉默。

“不过这也太冒失了，你这么做会让别人怎么想你。”

圭介忽然放弃继续追问下去。

菜穗子忽然间感到丈夫又要从自己的心里离开了。

“别人怎么想我，我一点儿也不在乎。”她抓住丈夫的话柄，平时对丈夫的不满一股脑地涌现了出来，她也没想到会这样，也没有遏制自己情绪，半带怒气地想到什么说什么，“我就是看雪下得太有意思了，没办法老实地待下去了，就做了回不听话的孩子，做了次自己想做的事情，仅此而已……”菜穗子继续说着，脑海中忽地浮现出这段日子里一直很挂念的都筑明的孤独身影，无缘无故地，眼泪开始打转，“所以我明天还是回去吧，我会跟疗养院的人这么解释并且道歉的，这样你高兴了吧？”

菜穗子眼中带泪，随口说出了一套理由。

一开始她说这话只是为了为难丈夫，可说着说着她忽然觉得，说不定这还真是她一直没弄清的原因。

说完以后，菜穗子感到心情莫名地轻松了许多。

好一阵子两人都没有开口说话，只是静静地看着窗外的雪景。

“这事我会对母亲保密的。”圭介终于开口了，“你也别跟母亲说。”

说着，他眼前浮现出母亲这阵子苍老了许多的脸，这次的事情还好没闹大，暂且是告一段落了，他感到如释重负。

然而下一瞬间，他又觉得菜穗子很可怜。

“你如果那么想回到我身边的话，我们还是可以商量的。”他在心中犹豫了一会儿要不要跟妻子这么说，但是回头一想，如果现在深入地讨论起这个话题的话，那么再让早就不像是病人的菜穗子回到疗养院就显得太不自然了。菜穗子明天就会无条件地回到山里了——这样无疑让自己心理上轻松很多，少了许多麻烦。他很想说出口去试探菜穗子的心意，可是又担心菜穗子突然回来背后的真正原因会让自己更加不安。了解这一点后，圭介最终决定不说出口，只是在他的心底，他是多么希望能够破釜沉舟地释放那些充满活力的瞬间，把两个人的灵魂深深地拉近，让两颗心在一起颤抖，永远留在自己和妻子之间啊——可是只要一浮现出老母亲那苍老的脸，回想起在病床上的母亲依然在守护他、关心他。母亲之所以会生病，似乎和自己与菜穗子不无关系，这又让他心生愧疚。

这个懦弱的男人啊！

他做梦也没想到，其实他的母亲近来已经向菜穗子伸出了橄榄枝，希望他们好。而他自己呢，最近好不容易才在平淡的生活中脱离了之前那种对菜穗子的懊悔之情，再一次回到了以前那种只有母子二人的安稳生活。他在这种安稳平淡的懒散生活中感到安逸自在——圭介在心里做一番斗争，最终还是得出了这样的结论：再看看吧，船到桥头自然直。现在只能让菜穗子委屈一阵子了。

菜穗子却什么都没想，她的目光投向窗外，朝着对面暮色中若隐若现的教堂尖顶，痴痴地望着，有一种感觉，似乎自己在孩童时代见过一模一样的风景。

圭介掏出怀表看了看，这让菜穗子不禁瞥了他一眼说：

“你差不多回去吧，明天也不用来了，我自己一个人能回去。”

圭介拿着表，忽然间开始在脑海描绘出她明早一个人在大雪中离开，继续在积雪更深的山里独自生活的情景。他早已不记得那股强烈的消毒水的味道，对疾病、死亡的不安情绪又一次在他的心里苏醒，冲击着他的灵魂。

菜穗子一直目不转睛地看着丈夫的脸，不知不觉露出了天真的微笑。说不定丈夫那瞬间已经看透了自己的心然后会对自己说：“那就在这儿再住两三天吧，谁也不知道，只有我们两个人……”

然而圭介什么都没有表示，只是摇了摇头，似乎要把脑海中的某种念头驱散。他将怀表缓缓放入兜里，似乎在提醒菜穗子，他必须该回去了……

菜穗子站在阴暗的门口目送圭介走进大雪中，然后把脸贴在玻璃窗户上，隔着那几棵在白雪皑皑中宛如怪物一般的棕榈树，出神地凝望着傍晚的雪景。

雪还是没有停下的迹象。

菜穗子心里空空荡荡的，持续了很久。

她开始回想起一些与此刻或有关联或毫无联系的往事，随即又将它们迅速地忘却。比如说山里车站那一切都被大雪覆盖一半的情景、比如说刚才一直觉得似曾相识的教堂尖顶，还有……那个一直默默承受着一切的都筑明，以及那些在大雪中欢腾打雪仗的孩子……

此时，她身后客厅的灯亮了。灯光反射到玻璃窗上，使菜穗子看不清外面的景色。

她这才意识到，今天不得不一个人在这小旅馆过夜了——刚才还能看到几个外国人的身影，不过她现在已经没时间为这些事感到落寞或者后悔了。

她忽然之间冒出一个念头：今天的她如同着了魔一般被什么东西所吸引，一味地按照自己的内心去行动。

许多人生的片段在她的眼前出现又消失，这是她老停留在一个地方的时候无法感受到的一件事。

这些不期而遇的记忆片段，冥冥之中也为她的内心开启了一条新的人生之路。

她沉浸在这样的想法中，望着窗外一片雪白，什么也看不清。她心不在焉地一直望着、一直望着，把脸贴在了冰冷的窗户玻璃上，渐渐感到心情愉悦。客厅已经变得很暖和，使她的脸颊也变得红了起来。菜穗子不由得想起明天要回去的山间疗养院，想到那里深入骨髓的寒气……

服务员走过来告诉她晚餐已经准备好了，她安静地点点头。忽然发现自己其实很饿了，于是她没有回房间，径直走向餐厅，走向那刚才就一直听到的有摆放盘子动静的地方。

**参考翻译来源：**

原稿：《昭和文学全集》（第 6 卷）小学馆 1988 年（昭和 63 年）6 月 1 日第 1 版第 1 次印刷发行

原稿和手写稿：《崛辰雄全集》（第二卷）筑摩书房 1977 年（昭和 52 年）8 月 30 日第 1 版第 1 次印刷发行

初版：《榆树之家》第一部出自《女人的故事》，山本书店，1934 年（昭和 9 年）11 月

《榆树之家》第二部出自《文学界》，1941 年（昭和 16 年）9 月

《菜穗子》中央公论出版社，1941 年（昭和 16 年）3 月